GLÜCKSMOMENTE

von Karin Schneider

Was macht Sie glücklich?

Auf die Frage „Was macht Sie glücklich?" erfährt man auf der ganzen Welt ähnliche Antworten. Die einen sind glücklich, wenn im Dorf alle gesund und okay sind, die anderen, wenn sie mit Freund / Freunden zusammen sind. Für die einen ist Glück ein Schrank voller Designer – Schuhe, für andere ist Glück ein gutes Essen nach einer Wanderung. Jeder Mensch dieser Welt hat sein ganz persönliches kleines Glück.

Diesem kleinen Glück, das in Wirklichkeit oftmals richtig groß ist, möchte ich im Alltag nachspüren, zeigen u.a. auch, wo mein kleines Glück zu finden ist.

Die Ähnlichkeit mit anderen lebenden Personen ist rein zufällig.

Ich möchte mich bei all denjenigen bedanken, die mich ermutigten weiter zu schreiben nach meinem Büchlein „Die Katze im Rollstuhl". Besonderer Dank gilt meinem lieben Schatz, der mir den Rücken frei hielt, damit ich Zeit für mein Hobby, das Schreiben, finde. Vielen Dank, mein lieber Paul!

Kornblumenblau

Es war ein einzigartiger Sommer, echt Malle-Temperaturen und die Korn –
und Mohnblumen versetzten die Insel Rügen in eine herrliche Verzückung.
Die Lehrer hatten Giftblätter verteilt und die Schüler in die wohlverdienten
Ferien geschickt. Die Tiere hüteten ihre Kinder (Störche, Schwäne, sieben
kleine Spatzen in einem Kasten bei den Nachbarn gegenüber). Ja, Herz, was
willst du mehr? Die Urlauberkolonnen näherten sich Tag und Nacht. Die
Bevölkerung der Insel verdoppelte sich in diesen Tagen und Wochen. Nach
der langen Autofahrt von Frankfurt am Main bis kurz vor Rügen saß
Virginie in ihrem Peugeot CCT/ Capriolet und sah die Pylone der neuen
Rügenbrücke und die ganz ruhige Wasseroberfläche des Strelasunds. Dann
ging nichts mehr – Stau so weit das Auge reicht. Virginie schaute sich um
unter den anderen Wartenden und ihre Blicke blieben nicht unbeachtet. So
ein Schönling, der auf jede Seite eines Männermagazins gepasst hätte oder
Till Schweiger in der Boxer – Shortswerbung Konkurrenz gemacht hätte,
wurde aufmerksam. Virginie war dunkel gefärbt, hatte einen Porzellanteint
und trug eine Brille oder manchmal auch Kontaktlinsen. Sie fuhr auf die
Insel um Urlaub zu machen, auch von den Männern. Sie fand den
Programmtitel gut „Männer sind primitiv, aber glücklich." Der Typ in dem
schwarzen Audi hieß Frank und er zögerte nicht Virginie in ihrem knappen
Oberteil an zu graben. Doch da die Kolonne ca. fünf Autos vorrücken
konnte, musste sich jeder erstmal auf sein Fahrzeug konzentrieren. Beim
nächsten Stop kamen beide ins Gespräch und wie der Zufall es so wollte,
wohnten beide im Hotel „Solthus am See" in Baabe am Bollwerk. Virginie
begann sich für Frank zu interessieren und Frank machte gleich Ort und
Zeit klar für ein Date am heutigen Abend. Nach ca. zwei Stunden Autofahrt
kamen sie am Urlaubsort an. Ein herrliches Fleckchen Erde und ein Hotel
mit einer interessanten Architektur erwarteten sie. So edel wie es von außen
aussah, war es auch innen. Jeder Raum hatte seine ganz eigene
Gemütlichkeit, verschiedene lauschige Ecken, große Vasen mit dekorativen
Blumen, Gläser, Kerzen – ein Eldorado für jeden guten Geschmack.
Die Zimmer waren auch hübsch eingerichtet, sie hatten so tolle
Verdunklungen an den Fenstern, die Sonne wurde abgeschirmt, man konnte
trotzdem nach draußen sehen. Jedes Zimmer hatte einen Balkon mit
schönen Holzmöbeln. Hier konnte man entspannen, sich bräunen oder ein
Buch lesen oder alles zusammen machen.
Nach ein paar Stunden der Entspannung trafen sich Virginie und Frank in
der Hotel – Lobby und gingen am Bollwerk spazieren. Beide sahen sich
glücklich an und freuten sich jetzt noch mehr auf den Urlaub. Nach einer
entspannten Nacht folgte Tag 1 des gemeinsamen Eroberns der Insel. Unter
dem Motto „Ein Stück von Rügen muss genügen" wehrte Virginie Franks
Flirtversuche zunächst ab.
Sie fuhren mit Franks Auto die Schaabe entlang, machten Rast und gruben
sich bis zum Hals in eine Sandburg ein und wurden immer verliebter.

Danach ging es weiter bis nach Dranske und sie hatten Spaß an den hohen Wellen und sahen den Surfern bei ihrer Akrobatik zu. Heute verzichteten sie auf das Abendbrot im Hotel, denn die Sonnenuntergänge in Dranske mit Blick auf Hiddensee sind einzigartig. Da muss man zwangsweise etwas zusammen rücken und sich verliebt in die Augen sehen. Das müsste eigentlich jeder, der die Insel mal besucht hat, erlebt haben. Es lohnt sich auch vorher noch im „Cafe' Sahne" einzukehren. Es liegt genau an der Hauptstraße. Es ist sehr romantisch dort und man kann seiner Liebsten im angrenzenden Blumenladen gleich eine Rose schenken. Es muss ja nicht gleich in einem Heiratsantrag ausarten.

Tag 2

Das Sommerwetter hielt immer noch durch – ideal für Sassnitz und Mukran. Zwischen dem Überseehafen und der erst 50-jährigen Stadt Sassnitz stehen unzählige Klatschmohnblüten, so dass sich riesige feuerrote Kleckse bilden. Sehr imposant ist es im „Gläsernen Cafe'" von Peters zu sitzen, einen Latte zu trinken und dem Treiben der großen Pötte auf der Ostsee zuzusehen – Bräunung des gesamten Körpers inklusive. Virginie und Frank genossen das und jeweils die Nähe des anderen. Sie sprachen miteinander und träumten sich mit den Schiffen aus dem Hafen. Die Geschäftsleute Peters hatten an dieser Stelle immer ihr Picknick abgehalten und kamen auf die Idee diesen Grund und Boden zu kaufen und das Angenehme mit dem Nützlichen zu verbinden. Sie errichteten hier eine gläserne Bäckerei sowie Konditorei und Cafe' mit Blick auf die Ostsee. Danke, Familie Peters!
Nach einem guten Wein im Hotel (schlappe 45 Euro das Fläschchen) ging dieser Tag in die Nacht über. Jeder lag wach in seinem Hotelzimmer, hörte sein Herz schlagen und wurde mehr und mehr von dieser schleichenden Sehnsucht nach dem anderen erfasst. Aber jeder hatte unabhängig voneinander beschlossen noch abzuwarten und sich erst besser kennen zu lernen.

Tag 3

Nach einem sehr reichlichen Frühstück im Hotel ging es per Auto, diesmal mit Virgis Kult – Cabrio, nach Schaprode. Der herrliche Blick nach Hiddensee inspirierte die beiden sich spontan eine Karte zu kaufen und das „söte Länneken" zu besuchen.
Hauptmann, Palucca und die Mutter der Kruse – Puppen waren auch in diese Insel verliebt. Unser angehendes Liebespaar fuhr bis Neuendorf und von dort mit dem Fahrrad nach Kloster.

Gerade vor ein paar Tagen hatte Virginie im TV gesehen, wie ganz viele Schafe, die sogenannten Pfennigsucher, per Schiff von Rügen nach Hiddensee gebracht wurden bis Anfang November und jetzt stand sie mit Frank nur wenige Meter von ihnen entfernt. Das Leben hält doch manchmal einige Überraschungen bereit. Sie blieben den ganzen Tag am Strand, gingen schwimmen und genossen nicht nur das schöne Eiland, sondern auch den Körper des anderen. Frank hatte immer seine Badeshorts im Blick, denn er konnte seine Begeisterung für Virginie kaum noch verbergen. Die Fähre brachte sie zurück. Im Hotel duschten sie sich den Sand vom Körper und schliefen wie in Abrahams Schoß, jeder einzeln, versteht sich.

Tag 4

Binz mit seiner einzigartigen Bäderarchitektur hatten sie sich ausgesucht. Schön, auf der Seebühne zu stehen und den Blick schweifen zu lassen, z.B. bis nach Sassnitz und Mukran. Die Flaniermeile, die für 4,5 Millionen Euro restauriert wurde, lud ein zu einer Pause bei italienischem Eis und einem Kaffee, ein großer Milchkaffee mit ganz viel Schaum musste es heute schon sein. Von ihren Plätzen aus konnten sie die Abfahrt und Ankunft der „Blauen Bahn" beobachten. Sie bekamen sehr schnell heraus, dass sie zum Jagdschloss Granitz fährt. So war der Höhepunkt für

Tag 5

gefunden. Die Fahrt durch den Buchenwald war sehr entspannend. Den letzten Berg schnaufte die Bahn hoch, dann lag das mächtige Schloss vor ihnen. Fürst Malthe von Putbus ließ es für seine Jagdgesellschaft erbauen. Die weit über 100 schmiedeeisernen Stufen sind durchsichtig, so dass man am besten nicht nach unten schaut, wenn man nicht ganz höhentauglich ist. Virginie und Frank machte das nichts aus, denn sie hatten nur Augen für einander. Oben angekommen, hat man eine herrliche Aussicht auf die gesamte Insel und noch darüber hinaus. Beide machten Fotos um alles für die Zeit nach dem Urlaub festzuhalten. Nach der Rückfahrt mit der Bahn ging es in Richtung Hotel. Wieder war ein schöner Tag zu Ende gegangen.

Tag 6

Der schöne Strand von Göhren lockte Frank und Virginie an. Sie nahmen sich vor in den nächsten drei Tagen hauptsächlich am Strand zu bleiben.

Sie wanderten, tobten in den Wellen, schliefen ein paar Stunden eng beieinander und immer, wenn die Sonnenstrahlen ihre Körper streichelten, war es ihnen, als wenn jeweils der andere mit seinem Finger von der Nasenbis zur Zehenspitze eine Linie zog.
Ein Kuss blieb heute nicht aus. Die Leidenschaft war zu groß.
Das Rauschen der Wellen und das überwältigende Glücksgefühl einer aufkommenden Liebe ergibt eine gute Mischung. Nach dem Dinner im Hotel gab es Champagner und Virginie bedankte sich bei Frank für den schönen Tag und küsste ihn ganz zärtlich auf die Wangen und dann auf den Mund, er küsste zurück und lud sie auf sein Zimmer ein, wo es auch Champagner gab. Sie küssten sich mit Zungenschlag und die Gefühle waren da, es war sicher wie das Amen in der Kirche, dass die große Liebe da war. Frank öffnete zwei Knöpfe ihrer Bluse und legte seine Hand ganz zärtlich auf ihren BH, sie hielt still und sie küssten sich immer stürmischer. Virginie zog ihren BH aus, Frank küsste ihre Brust, dann ging sie ins Bad und danach er – sie umarmten sich wieder, küssten sich und landeten auf dem Bett, er zog ihr Höschen aus und sie seins – das Liebesspiel steigerte sich soweit, dass Frank seinen ... in Virginies ... reinsteckte. Sie schrie vor Glück und stöhnte und sie waren taumelig vor Glück. Ein Hotelzimmer blieb in dieser Nacht leer, beide hatten süße Träume und das erste Frühstück gab es im Bett, dann duschten beide und gingen in die Hotelhalle und aßen Frühstück. Sie küssten sich immer wieder und vergaßen die Welt um sich herum.

Tag 7

Ihr Ziel war an diesem Tag Sellin. Sie saßen nach einer ausgedehnten Strandwanderung in der Gaststätte auf der Selliner Seebrücke bei einem Kaffee und einem Snack und schauten dem Treiben der Wellen zu und die Gedanken schweiften immer wieder bis zu ihrem tollen Sex. Sie passten auch in dieser Hinsicht gut zusammen. Am Abend wurde Bergfest gefeiert, denn die Hälfte des Urlaubs war schon vorbei. Sie setzten das von der letzten Nacht einfach fort und konnten nicht genug voneinander bekommen.

Tag 8

Nach einer schönen Nacht und einem guten Frühstück ging es nach Ralswiek. Ein langer Spaziergang brachte schöne Eindrücke von der Naturbühne, dem Räucherschiff und der neuerbauten Störti – Gaststätte. Wie durch Zufall erfuhr Frank, dass gerade heute Premiere für das neue Stück „Verraten und verkauft" sei und es dauerte nicht lange, bis sie sich entschlossen hatten zwei Karten zu kaufen. Frank lud Virginie ein und sie ließen sich verzaubern vom Pferdegetrampel, Säbelrascheln, den Kanonenschüssen und dem Feuerwerk. Es versteht sich fast von selbst, dass Frank seine „Piratenbraut" auch noch eroberte.

Tag 9

Ja, die Zeit der Abreise rückte immer näher, aber da das Wetter stabil blieb, kam noch keine trübe Stimmung auf.

Heute war Putbus das Ziel. Der Tag stand ganz im Zeichen des Fürsten Malthe von Putbus. Seine weiße Stadt der Rosen mit dem jahrhundertealten Park nahm einen halben Tag in Anspruch. Die Zeit reichte dann noch aus um von Lauterbach aus in See zu stechen in Richtung Insel Vilm. In der DDR blieb diese kleine Insel den Bonzen von Partei und Regierung vorbehalten. Heute ist sie Sitz des Naturschutzbundes und innerhalb einer Führung jedem zugänglich. Vom Schiff aus konnten Virginie und Frank sehr schön das rekonstruierte Badehaus Goor sehen, das früher Malthe von Putbus und seinen Gästen zum Baden diente, denn es schickte sich nicht mit dem gemeinen Volk in die Fluten des Greifswalder Boddens zu steigen. Ihr Blick ging auch auf die Kirchturmspitze der ältesten Kirche von Rügen in Vilmnitz.

Bei einem Fischbrötchen und mit vielen süßen Küssen klang der Abend aus und die Fahrt endete vor dem Solthus. Ein Hotelzimmer wurde wieder nicht gebraucht.

Tag 10

Nach einer kurzen Nacht wurde das Frühstück nach hinten verschoben. Ziel war nach einem Liebesfrühstück die nördlichste Spitze der Insel, Kap Arkona mit dem verträumten Fischerdorf Vitt, nicht zu verwechseln mit Vitte auf Hiddensee. Besonders diese Superminikirche machte großen Eindruck. Die Zeit verging wie im Fluge und die Kraft reichte noch für die Disco in Teschenhagen. Eingeräuchert und total glücklich war es schon Morgen geworden.

Tag 11

Nach einer Schlafunterbrechung ging es in die ehemalige Kreisstadt Bergen auf Rügen. Das muss man immer angeben, denn es gibt ganz viele Orte mit dem Namen BERGEN. Eine Besonderheit ist, dass das Zifferblatt der Bergener Kirchturmuhr 61 Teilstriche für Minuten hat. Trotzdem verging die Zeit genau so schnell wie in anderen Gebieten. Heute ging es früh ins Bett angesichts der letzten Kurznacht.

Tag 12

Nach einem guten Frühstück sollte es heute in Kapitän Nemos Reich gehen – in die Nautilus in Neukamp. Bis auf die Aquarien war alles Atrappe. Sie aßen eines der tollen Fischgerichte und tranken ein Störtebeker dazu.

Tag 13

Zum Abschluss des Urlaubs ging es in die Urnatur von Ummanz. Bizarre Vogelwelt mit verschiedenen Pflanzen wechseln sich ab mit Meerblick und unzähligen Schafweiden. Virginie und frank waren entzückt von der Stille und Schönheit der Landschaft. Sie wanderten dann bis Suhrendorf, dem Surfer – Paradies.

14. und letzter Tag

Abreise war die Losung des Tages. Nach dem Frühstück auschecken, so nennt man das ja heute wohl. Virginie und Frank tauschten Handynummern und Adressen aus und es stellte sich heraus, dass beide nicht nur in Frankfurt wohnen, sondern auch auf dem Flughafengelände beschäftigt sind. „Kornblumenblau sind die Augen der Frauen beim Weine..." heißt es in einem Trinklied. Blau ist ja bekanntlich die Farbe der Treue und so wurde es mehr als nur eine Sommerliebe.

Glücksmomente

Das schöne Glück der späten Liebe

Nach einer fast 13-jährigen Ehe, die nur von meiner Seite mit Liebe, Treue und Ehrlichkeit geprägt war, lebte ich 18 Jahre mit meinen beiden Kindern als Single, war hauptsächlich Mutter, Lehrerin und meinen Eltern eine gute Tochter, ganz Frau war ich am wenigsten. Nach dem Tod meiner Eltern traf ich meine große Liebe und darf als Mittfünfzigerin erfahren, das das , was Dichter, Denker, Maler, Musiker…je über die Liebe ausgedrückt haben, Wirklichkeit ist.

Meine Biografie ist wenig aufregend. Als Einzelkind geliebt und behütet aufgewachsen, wurde ich durch meine Eltern gut auf das Leben vorbereitet. Ich war schon als Kind von der Natur und der Insel Rügen begeistert.

Mein Berufswunsch Lehrerin zu werden stand schon früh fest, auch durch das Vorbild meiner langjährigen Klassenlehrerin geprägt.
EOS, Studium, im dritten Studienjahr Ehefrau und Mutter – das waren die nächsten Stationen. Liebe auf den ersten Blick, Blitztrauung – ganz in weiß mit einem Blumenstrauß – ja, wenn man so verliebt ist, dann sieht man eben durch die vielbesagte rosarote Brille.
Fast 13 Jahre dauerte das, was lt. Standesamt Ehe hieß, in Wirklichkeit aber keine war. Ich hatte den Irrglauben einen Menschen zu verändern, hatte die Illusion die Familie zu erhalten. Deswegen war die Scheidung ein Schicksalsschlag. Ich bemühte mich vergeblich für mich einen Partner und für meine Kinder, 10 Jahre nach der Geburt meiner Tochter kam mein Sohn zur Welt, einen Ersatzvater zu finden. Es klappte nicht, aus heutiger Sicht war es auch viel zu früh – ich war Emotional noch gar nicht für einen solchen Schritt bereit. Die Jahre gingen ins Land. Durch meinen kreativen Beruf, durch die Liebe und Fürsorge für meine Kinder und Eltern und meinem Hang zur Insel hatte ich nie Langeweile, vermisste aber der Partner für`s Herz, besonders an Feiertagen und bei Familienfesten. Ich fand mich mit meiner Situation ab. Von Jahr zu Jahr verlor ich mehr den Glauben daran, dass ich erleben würde, wie schön die Liebe ist.
Nach dem plötzlichen Tod meines Vaters kümmerte ich mich besonders um meine liebe Mutter, deren Herzprobleme immer schlimmer wurden.

Mein Sohn war gut geraten und inzwischen Azubi, als meine Mutter während einer Baypass - OP einen Hirninfarkt erlitt. Sie blieb linksseitig gelähmt trotz aufwendiger REHA – Maßnahme und Muttis Kampfgeist konnte sie nicht mehr alleine bleiben.

Da ich arbeiten musste, blieb nur die Möglichkeit eines Pflegeheims. Wir hatten Glück in einem modernen Haus einen Platz zu bekommen. Ich besuchte Mutti wöchentlich und holte sie am Wochenende, an Feiertagen und in den Ferien nach Hause in ihre gewohnte Umgebung. Da ich sie täglich in den Kliniken besucht hatte, hatte ich mir ein bescheidenes Grundwissen der Pflege angeeignet. Nach zwei Jahren folgte ein zweiter Schlaganfall, dann ein dritter, den Mutti nicht überlebte. Ich verlor meine Mutti und war voll Trauer und Ausweglosigkeit. Doch mein Leben sollte eine ganz andere Wendung nehmen. Da gab es eine nette Familie in dem Haus, in dem ich zur Miete wohnte und mit der ich mich gut verstand. Auch sie traf ein schwerer Schicksalsschlag. Die Frau verstarb an einer kurzen schweren Krankheit und der Ehemann war auch so traurig wie ich. Wir kamen uns Stück für Stück näher und verliebten uns ineinander.

An diesem Tag machte mein Herz vor Freude einen Sprung. Aus einer kleinen Liebe wurde eine ganz, ganz große Liebe. Wir unternahmen sehr viel (Natur, Kunst, Theater…). Da wir beide Sternbild „Löwe" sind, haben wir viele Gemeinsamkeiten. Einer ist für den anderen da.

Unsere ganz große Liebe besteht jetzt im dritten Jahr und basiert auf Treue, Ehrlichkeit, Vertrauen und gemeinsamen Unternehmungen. Wir halten uns fit mit Nordic Walking, Schwimmen, Radtouren und Spaziergängen und natürlich mit der Liebe. Wir haben den Wunsch unseren Job zu behalten, Gesund zu bleiben um unsere spätes Glück noch recht lange genießen zu können.

Siebenschläfer

Wenn es um den 27. Juni konstant regnet, sind sieben Wochen Dauerregen vorprogrammiert. „Regen in der Nacht", „Regentropfen, die an dein Fenster klopfen..."- all das trifft zu.Es regnete schon seit Wochen und es war ein echtes Schmuddelwetter. Und es war Sonntag. Maik und Angelika, beide 25 Jahre jung, kannten sich schon über drei Jahre. Er war Manager und sie Haarstylistin. Angelika hatte eine zurückhaltende Art, so ein scheues Reh war sie, aber gerade das liebte Maik so an ihr. Sie hatten sich auf einer Party kennen gelernt, Maik war da eher der Draufgänger, sehr kommunikativ und experimentierfreudig.

Angelika saß an diesem verregneten Sommersonntag in ihrem Arbeitszimmer und blätterte in verschiedenen Zeitschriften. Mode, Kosmetik, Haarideen und die Klatschpresse – das waren so die Themen. Maik saß hinter dem Wohnraumteiler hinter dem Computer und surfte ein bisschen im Internet. Auf einmal wurde es ganz still in der Arbeitsecke von Angelika. Nach einer Weile trat sie vor die Trennwand und begann sich auszuziehen wie bei einem richtigen Strip. Maik glaubte seinen Augen nicht zu trauen. Er war einen Moment lang perplex, ließ sich dann aber sofort emotional darauf ein. Angelika sagte ganz genau, was sie wollte:"Ich will DICH! Jetzt!" Ihre gesamte Gestik ließ keinen Zweifel daran, was sie sich nacheinander einfordern würde. Das Überraschende machte Maik so an wie noch nie. Sie wälzten sich auf dem Flokati, den sie neulich bei IKEA gekauft hatten. Jede einzelne Berührung war wie ein Feuerwerk. Sie biss Maik ins Ohrläppchen und er nahm alles überirdisch wahr. Er hatte das Gefühl, dass er seiner Freundin emotional noch nie so nah gewesen war. Maik wurde süchtig nach Angelika.

Am Abend tauschten sie die Rollen. Da konnte sich Angelika zurücklehnen und Maik erfüllte ihr alle Wünsche. Wenn sie sich zwischendurch ausruhten, streichelten sie sich, lachten oder hörten Musik.

Es regnete immer noch in Strömen. Maik entdeckte damals, dass ihn Regentage noch empfindsamer machen. Die Welt draußen ist irgendwie ein Stück weiter weg, vielleicht kamen sie sich deshalb drinnen so ungewöhnlich nah.

BONJOUR, PARIS!

Urlaubszeit ist meistens auch Reisezeit und Zeit der Liebe. Ein Urlaub in Paris verbindet beides miteinander, d.h. die Liebe wird schon mitgebracht. Das dachten sich auch Patrick und Monika, als sie zehn Tage und zehn Nächte in der Hauptstadt an der Seine buchten. Sie kannten und liebten sich schon im dritten Jahr und freuten sich auf das tolle Essen, schöne Ausstellungen und romantische Sonnenuntergänge. Sie wohnten im Hotel "Amour", das einen idyllischen Innenhof hat. Sie hatten das Zimmer Nr. 202, mit seinem Liebesgraffiti über dem französischen Bett ist es besonders charmant. Nachdem sie mit dem Einchecken fertig waren, flanierten sie in Richtung Eiffelturm, dem Wahrzeichen von Paris. Zu jeder Tages – und Nachtzeit ist der Besuch ein Erlebnis. Am 14. Juli, dem Nationalfeiertag der Franzosen, gibt es ein gigantisches Feuerwerk mit Klassik – Untermalung. Bei der berühmten Parade auf den Champs – Elyse´es kann man in diesem Jahr den neuen Staatspräsidenten Nicolas Sarkozy begutachten. Patrick und Monika küssten sich leidenschaftlich unter dem Eiffelturm und beschlossen sich vor ein Bistro zu setzen und die französische Küche zu genießen. Ohne Reservierung bekommt man in Paris nur im Sommer einen Tisch. Mit einer Flasche Cre´mant Rose´ im Gepäck folgten sie dem Tipp von Karl Lagerfeld, der sagte, dass der schönste Moment ist, wenn die Dämmerung anbricht: "Da werden die Statuen lebendig." So saßen Patrick und Monika auf dem Pont des Arts und waren ganz mit sich beschäftigt. Der Tag klang im Hotel noch wunderschön aus. Monika flüsterte Patrick ins Ohr: "Mach heute mit mir alles, was du willst, und mach es bitte ganz langsam und zärtlich!" Patrick verwöhnte sie am ganzen Körper mit seiner Zunge, dann schliefen sie miteinander. Sie ging immer stärker aus sich heraus, Patrick genoss jeden einzelnen Moment.
Nach einem erholsamen Schlaf und einem französischen Frühstück stand die Kultur im Mittelpunkt. Kultur macht Spaß wie nie – diese Erkenntnis zogen beide am Ende der Reise. Die besten Ausstellungen der Welt sind in den Sommermonaten in Paris, z.B. stellen Modedesigner aus, Jean Paul Gaultiers prächtige Ballettkostüme kann man bewundern. Viele Museen haben herrliche Gärten, die wie Oasen wirken, z.B. das brandneue und wunderschöne Ethno – Museum Quai Branly von Jean Nouvel.

Im Schloss Versailles wurde gerade der Spiegelsaal restauriert, in dem 1871 das Deutsche Reich ausgerufen wurde. Neben diesen kulturellen Höhepunkten machten Monika und Patrick immer wieder Rast in den Bistros, ließen sich auf den Brücken malen – dazwischen immer wieder ganz viel Gefühl. In den Sommermonaten wird das Seine – Ufer zum Strand, eigentlich zu den Stränden.

Es gibt Palmen, Sand, Sonnenliegen, Beachvolleyballplätze, Massagen und Konzerte – fast wie an der Côte d´Azur, nur nicht ganz so teuer.

Monika und Patrick verging die Zeit wie im Fluge. Sie konnten voll bestätigen, dass das Leben hinter den Kulissen von Paris noch einmal so süß ist. Toujours!

Internetcafe

Es gibt auch im 21.Jahrhundert noch Haushalte, die nicht über einen Internetanschluss verfügen. Für solche Fälle ist das Internet – Cafe´ ideal. Das, wo alles anfing, liegt malerisch am Wasser, hat im Moment mit dem Baustellenlärm zu kämpfen, da gegenüber das Parkhaus entsteht für die Besucher des künftigen Ozeaneums.

Peter saß im Chatroom und wusste eigentlich gar nichts von ihr, außer dass sie Petra hieß und Haare und Po wie Jennifer Lopez hatte. Sie wurde schnell intim und beschrieb ihm, was sie alles mit ihm anstellen wolle. Sie wollte ihn an einen Baum fesseln, ihn mit der Zunge am ganzen Körper verwöhnen und dann mit ihm schlafen. Der Kick sollte sein, dass Spaziergänger vorbeikommen.

Peter konnte diese Nachricht nicht ernst nehmen. Er war ein Mann, der eine Frau erst einmal kennen musste, um sie lieben zu können. Dennoch machte ihn das Ungewöhnliche ziemlich an. Schließlich dachte er, dass Petra vielleicht nur Gefallen daran hat ihre Sexfantasien jemandem mitteilen zu können. Doch dann nannte Petra Ort und Zeit und sagte, dass sie Prosecco mitbringen würde. Peter kam sich fast ein bisschen albern vor, als er sich auf den Weg zu seinem Date machte. Petra war pünktlich und obwohl sie gar nicht Peters Typ war, zog ihn die gesamte Situation an. Sie tranken Prosecco aus Pappbechern und Petra wusste sehr schnell, was sie wollte. Peters Körper reagierte sofort, er war von ihren Küssen wie elektrisiert, auch wenn es keine Fesselspiele gab. Sie hob ihren Rock und öffnete Peters Hose und ritt ihn. Wenn Leute vorbeikamen, etwas langsamer, danach wurde sie dann wieder schneller. Diese StopandGo Technik machte Peter völlig verrückt, so dass der Höhepunkt gigantisch war.

Der Sex war gar nicht einmal so außergewöhnlich, dennoch hatte Peter nie wieder eine Frau in diesem Maße erregt. Er hatte zu Petra keine Zehn Sätze gesagt, sie tauschten beide Handy – Nummern und wussten, dass sie sich nie wiedersehen würden.

Eine so verrückte Nummer lässt sich eben nicht wiederholen. Aber Peters Erinnerung daran ist heiß, so dass er sie heute noch als Sexfantasie nutzt.

Oh(r), wie interessant!

An der Nase des Mannes, erkennt man ... – stimmt nicht. Die Länge oder Kürze ist nicht abhängig von der Körpergröße und ist auch nicht entscheidend für guten Sex, entscheidend ist, wie mit dem Hammer gehämmert wird. Es gibt da dieses Sprichwort:"Lang und schmal, Frauenqual, aber kurz und dick, Frauenglück!" Das beste Stück eines deutschen Mannes beträgt 14,5cm. Das will aber noch gar nichts heißen, denn es ist ein Durchschnittswert.

Die Tatsache von bestimmten Körperteilen auf seinen Penis zu schließen, ist nicht neu. Schon in der Antike galt die Kunst von seinem Gesicht auf seinen Charakter zu schließen als Geheimwissen. Noch heute wird an den 2300 Jahre alten Erkenntnissen geforscht. Das Ohr ist ein begehrter Körperteil zum Vergleich. Es ist bei jedem Menschen einzigartig, ist sehr kompliziert gegliedert, z.B. Innen – und Außen Ohr, Ohrmuschel und Ohrläppchen. Für Maler ist es total schwierig das Ohr zu malen.

Was sagt denn nun das Ohr über ... aus? Hier einige Beispiele: bei großer Ohraußenleiste ist er in der Liebe großherzig, bei schmaler Außenleiste braucht er auch in der Liebe eine Partnerin, die die Initiative übernimmt. Große Ohrläppchen deuten auf einen sehr emotionalen Mann hin. Männer mit kleinen oder angelegten Ohrläppchen sind nüchtern, öffnen sich nur den ihnen wichtigen Menschen. Zum Schluss noch ein Wort zur Ohr Größe: große Ohren bedeuten fantasievoll, normale Ohren herzlich und erfolgreich, kleine Ohren hilfsbereit und tolerant. So könnte man noch Aussagen treffen zur Ohr Form, zur Ohr Bucht und zur Ohr Innenleiste.

Ob solche oder solche Ohren – wichtig ist, dass die CHEMIE zwischen beiden stimmt. Nutzen Sie entweder das uralte Geheimwissen oder machen Sie den aktuellen Test – Hauptsache es ist Liebe im Spiel.

So wirst du eine Fee

Heinz und Barbara, genannt Babsi, sind seit drei Jahren ein Paar ohne Trauschein. Es ist eine total intensive Liebe, die von Zärtlichkeit und Sehnsucht bestimmt ist. Heinz ist, wie man so sagt ein Frauenversteher. Babsi ist in jeder Situation für eine Überraschung gut. Heinz erinnert sich da z.B. an die einwöchige Trennung, als er im Rahmen seines Biologiestudiums für vier Wochen nach Schweden musste. Beide hatten eine superhohe Handyrechnung, denn sie hatten sich unendlich viel mitzuteilen, was über HDL hinaus ging.

Babsi, die auch gerne Briefe schrieb, nutzte in der Mittagspause die Zeit im Büro, in der sie unbeobachtet war. Sie zog sich Jeans und String aus und setzte sich unbetucht mit dem Po auf den Kopierer und drückte auf Start. Herrlich, oder wie man heute sagt, geil, was da zu sehen war. Babsi nahm die Schere und machte aus dem Bild von ihrem Knack – Po ein Puzzle, jedes Teil steckte sie in einen Umschlag und frankierte sie an ihren Schatz. Abends schmachtete dann Heinz am anderen Ende der Leitung und wir hätten wohl alle gern gewusst oder können auch unsere Fantasie bedienen, was die beiden sich zu sagen hatten. Die Briefe gingen zu Ende und auch die vier Wochen Schweden – Zeit. Das Wiedersehen war phänomenal. Glücklich und aufregend sind genau die Attribute, die diese Nacht beschreiben, die nicht ohne Folgen bleiben sollte. Babsi hatte immer die fruchtbaren Tage errechnet, aber in dieser Nacht versagte wohl alle Mathematik. Babsi kaufte einen Test, der positiv war. Der Frauenarzt bestätigte, was beide eigentlich schon wussten und ihre Theorie wurde durch das erste Ultraschallbild zur Realität. Beide waren glücklich, freuten sich und suchten nach Lösungen für die kommende Zeit: Kosten, Wohnung, Kinderzimmer, Zeiteinteilung, Namen und und und.

Babsi hatte zwar in der Schule Gen – Ketten analysiert, aber beim Betrachten des Ultraschallbildes hatte sie den ersten Blackout ihres Lebens. Was musste sie tun, dass diesem pochendem Böhnchen Arme und Beine wuchsen? Diese Ratlosigkeit befällt wohl alle Erstschwangeren. Man greift zunächst zum Fachbuch. Die Auswahl ist riesig: „Schwanger mit Nelly", „Baby Date", „Wenn der Bauch lacht", „Die Seele fühlt von Anfang an" und „Die Hebammensprechstunde" sind hier nur zu nennen. Da liest man, dass es im Unterbauch zieht und schon fängt es an zu ziehen. Man liest, dass man öfter zur Toilette muss, also rennt man eine Stunde später los. Dazu kommt noch, dass die Mitmenschen sich genötigt sehen Tipps zu geben. Ob zehnfache Mutter oder kinderlos, jeder kennt Nachbarn mit Babys usw., also Soja essen oder nicht, Joggen oder nicht, viel schlafen oder nicht? Babsi war komplett ratlos.

Heinz hatte es da besser. Seine Kumpels hauten ihm auf die Schulter und feierten seine Fruchtbarkeit. Er wurde nicht nach der richtigen Entbindungsklinik gefragt.

Unter all den Büchern und Ratschlägen für das Embryo hat Babsi nur das Kinderbuch" So wirst du eine Fee" geholfen. Das sollte sie dem Böhnchen vorlesen. Es hat funktioniert: seit dem Zeitpunkt weiß Babsi, dass es eine Fee wird.

EINS ZWEI DREIER

Ein Segelboot chartern und damit durch die Ägäis schippern – wer träumt nicht davon? Lena und Tom und ihre Freunde Jenny und Tim erfüllten sich diesen Traum. Tagsüber steuerten sie griechische Inseln an, abends wurde an Bord gefeiert. Es war ein lockeres Leben voller Spaß. Das war ein guter Ausgleich zum harten Computer – Job im richtigen Leben. Tim war an den Strand gegangen zum Baden. Tom war mit Lena und Jenny allein an Bord. Sie hingen ab, lachten, tranken und aßen eine Kleinigkeit. Dann legte Lena eine Salza – CD ein und tanzte, zuerst mit Jenny, dann holte sie Tom dazu. Plötzlich rieben sich ihre Körper im Rhythmus der Musik aneinander. Nach innigen Küssen lagen sie irgendwann zu dritt auf den Planken. Lena verband allen die Augen, nun mussten sie einen Frauenkörper erfühlen. Tom schlief mit zwei Frauen, d.h. er schlief mit Lena, während er Jennys Zunge an seiner spürte. Es machte ihn genial an, als sich die beiden Frauen befriedigten. Der Dreier bleibt Toms Traum, gerade weil er so überraschend kam. Er ist bis heute sein kleines Geheimnis.

Der kleine Unterschied

Dass Frauen schlecht einparken können, ist eine abgedroschene Wahrheit. Ebenso, dass Männer ein größeres Gehirn haben, dabei ist die Anzahl der Gehirnzellen gleich, wobei sie im weiblichen Hirn auf engerem Raum angesiedelt sind. Männer und Frauen ticken anders, das ist manchmal belastend, kann aber auch spannend und aufregend sein. Um es kurz zu sagen: Frauen wollen Familie, Männer wollen Sex. In den ersten sechs bis acht Wochen unseres Fötusdaseins sind wir alle weiblich, ab da übernimmt das Y – Chromosom die Macht, lässt Hoden wachsen usw. Es ist doch immer wieder ein kleines Wunder, was die Natur so hinbekommt. Der Mann ist von seiner Evolutionsgeschichte her auf Wettbewerb programmiert. Er muss sich mit anderen messen, ist ständig für Beute, für Erhaltung der Art und für Schutz zuständig. Das hat sich seit der Steinzeit wenig bzw. gar nicht geändert. Familienplanung und Emanzipation sind Erfindungen des 20.Jahrhunderts. Der Mann denkt praktisch, während die Frau schon Ewigkeiten eine Sammlerin ist. Das kann man bei einem IKEA – Besuch am Samstagvormittag bei Regenwetter sehr gut beobachten. Angefangen von 1000 Teelichtern über neue Schlagbesen bis hin zu Regalen und Pflanzen – alles wird gebraucht. Der Mann übt sich in Geduld oder wird im Spiel-zimmer geparkt. Auf die Frage, woran merkst du, dass wir uns lieben, antworten beide Geschlechter ganz unterschiedlich. Er: Wir haben guten Sex miteinander. Sie: Weil er mich versteht.

Stress erregt den Mann, bei Frauen muss das Angstzentrum im Gehirn ausgeschaltet sein, sonst geht gar nichts. Das Vorspiel dauert für ihn drei Minuten, für sie mindestens 24 Stunden.
Fassen wir zusammen: Frauen sind mindestens so intelligent und stark wie Männer, aber es gibt da den biologischen Unterschied.
Ich sage: ZUM GLÜCK!!!

Wann wird es mal wieder richtig Sommer?

Diese Frage stellte schon musikalisch Rudi Carrell und sein Video – Clip dazu war sehr witzig. Obwohl ich zugeschüttet bin mit Arbeit und nicht Zeit hätte für Strand u.a. Dinge, sehnt man sich doch nach Sonne, nicht nur wegen der Vitamin D – Bildung. Es heißt ja immer, es gibt kein schlechtes Wetter, nur falsche Kleidung. Wenn dann an einem Tag die Regenmenge eines Monats erreicht wird, gibt einem das schon zu denken. Ja, da sehnt man sich nach Shopping und dem besten Latte M. der Stadt. Den gibt es für mich im Kornhus. Gesagt, getan. Wo gibt es einen Parkplatz? Glück muss man haben, denn es fuhr gerade jemand weg. Wo gibt es einen Platz im Café´? Unten wurde es nichts, aber im oberen Bereich waren noch zwei Plätzchen frei. Wir bestellten und erzählten von den Dingen des Tages und den zwei gerade erstandenen Blusen. Eine weiß wie die Unschuld, eine rot wie die Liebe. Dazu noch mit Glitzerpailletten, draufgängerisch, erotisch. Wenn ich Blusen kaufe, muss ich immer an ein Couple´ von Fritz Reuter denken. Der Blusenkauf ist hier hervorragend vorgetragen worden vom Schauspieler Walter Plathe. Gleichzeitig finde ich auch klasse: Nehmen Se ´nen Alten, den können Se och behalten. Ja, bei so einem Super – Latte da kommt man schon ins Träumen, noch dazu mit seinem lieben Schatz an der Seite. Es regnet, wann mal nicht? Da ist nach Wanne oder Dusche das Bett doch genau das Richtige. Im Fernsehen kommt eh nur Wiederholung, da ist doch so eine Live – Show im Bett nicht zu übertreffen und dabei ist es auch total egal, wann es wieder einmal Sommer wird.
In diesem Sinne: Gute Nacht!

BINGO

Jeden Sonntag um 17.00Uhr – pünktlich wie die Maurer – gibt es im NDR BINGO – die Umweltlotterie. Mein Hase und ich haben eine Hassliebe zu dieser Sendung. Es geht nicht mit ihr, aber auch nicht ohne sie. Da ist zunächst der Moderator, der nicht nach unserem Geschmack ist.

Auch an der Seriosität dieser Spielshow haben wir so unsere Zweifel, denn die fetten Doppel – und vor allem Dreifachbingos gehen alle in die westlichen Bundesländer. Wir hatten mal zwei Einfachbingo, aber im Endeffekt hätten wir unseren Spieleinsatz besser in ein Sparschwein gesteckt. Aber wir wollen ja auch etwas für die Umwelt tun. Es ist ein Hoffen, bis kurz vor 18.00Uhr, wenn man vier Zahlen in der richtigen Reihenfolge hat und statt der B59 dann die B58 vom Computer bestimmt wird. Da braucht man erst ein paar Minuten, um den Sonntag immer noch toll zu finden. Oft war die Konsequenz schon, dass wir nicht mehr spielen wollten.

Aber meistens bin ich diejenige, die dann zwei Lose kauft so aus Spaß an der Freude. Aber ich fürchte, wenn nicht bald ein kleiner Gewinn kommt, werfe ich auch das Handtuch. Es ist immer wieder schön zu träumen, was man mit dem Geld anfangen würde bzw. welchen Preis man als Anrufer gewinnen würde. Unser Traum wäre eine Donaukreuzfahrt oder ein Aufenthalt in Südtirol. Wir werden sehen, was Fortuna uns noch bringt. Wie heißt es immer: Wer nicht wagt, der nicht gewinnt, wer nicht heiratet, kriegt kein Kleiderspind oder wer nicht vögelt, kriegt kein Kind.

Schulentlassung

Lernen, heute mit Hilfe der neuen Medien, Aufregung, Kleiderfrage, Rosen, Zeugnisse, Sekt zum Anstoßen, Abschied nehmen und Neubeginn – das alles passt zur Prüfungszeit und Schulentlassung. Sie wird lange herbeigesehnt und wenn sie dann da ist mit Wehmut, aber auch mit Dankbarkeit betrachtet. Man wird vom elterlichen Nesthocker zum Nestflüchter, selbstbewusst und cool, aber immer noch mit kindlichen Zügen versehen, zum Glück, denn wenn man aufhört Kind zu sein, fehlt doch ein wichtiges Stück Fantasie und Verständnis für Kinder. Ja, vor den Erfolg haben die Götter den Schweiß gesetzt – so ist es im leben. Man denkt mit der Schulentlassung wären die Lernerei und die Plackerei vorbei, aber die Schule ist eigentlich die beste Vorschule für das Leben.

Wir trafen uns im Remter, dem ehemaligen Speisesaal der Mönche. Wenn man vor Aufregung zeit und Muße hätte, mal an das Deckengewölbe zu schauen, dann würde man Szenen von den Tischsitten der Mönche entdecken.

Aber es herrscht zunächst eine unbeschreibliche Aufregung. Die Jugendlichen aus der Musikschule proben, die Lehrer überprüfen die Reihenfolge der Zeugnisse, ordnen die Blumen. Die Hauptdarsteller und ihre Familien suchen sich ihre Plätze, begrüßen Bekannte und Freunde. Dann wird es ernst und die Stimmen verstummen. Mit einigen Liedern und Gedichten beginnt die Feierstunde. Dann betritt der Schulleiter die Bühne und hält seine Rede.

Nachdem jeder sein Zeugnis und ein Blümchen erhalten hat, gibt es noch eine musikalische Einlage und dann kommen die Dankesworte der Schülerinnen und Schüler. Der erste Dank gilt den Eltern, Großeltern, Geschwistern und Freunden. Der zweite Dank gilt der Schulleitung und den Lehrern. Es folgt das Versprechen später einmal vorbeizuschauen. Dann ist es zu Ende und jeder ist irgendwie erleichtert. Die Künstler und Redner waren gut, die Prüflinge haben die Schule hinter sich und ihr Zeugnis in der Hand und Vater kann auf dem Weg zum Auto, spätestens auf dem Parkplatz, seinen Kulturstrick abnehmen und eine durchziehen.

Im Lokal gibt es dann ein Pils und es wird mit dem schulentlassenen Sohn angestoßen und die Tochter mit Freund ist auch schon da. Gegessen wird reichlich, denn es gibt immer noch Mitmenschen, die die Euros für ihre Eintrittskarte abessen wollen oder müssen. Danach herrscht erst einmal gähnende Leere – der DJ legt auf – das Neueste vom Neuen, aber die ALTEN kennen das nicht und die JUNGEN trauen sich nicht. Erst wenn es an die 70-er und 80-er Jahre geht, füllt sich die Tanzfläche, zuerst mit den Eltern, dann mit den Jugendlichen und so bleibt es dann zum Glück auch den ganzen Abend. Die „älteren Herrschaften" werden dann irgendwann nach Hause gebracht und die Jugendlichen machen die Sache dann unter sich aus.

Als Fazit bleibt: Die Schulzeit ist und bleibt einzigartig, inklusive der Jugendliebe, die Ute Freudenberg schon seit 1973 erfolgreich besingt und die sie heute mindestens noch zweimal pro Konzert bringen muss.

Wellness pur im Badehaus Goor

Fürst Wilhelm Malte zu Putbus errichtete am Rande des Wäldchens „die Goor" unmittelbar am Greifswalder Bodden ein stilvolles Badehaus. An meinem Geburtsdatum, dem 15.August, allerdings 1517 und nicht 1952, wurde der Grundstein für das spätere „Friedrich – Wilhelm – Bad" gelegt. Wo einst Reichskanzler Otto von Bismarck, Alexander von Humboldt und der illustre Adel die Sommerfrische im ältesten Seebad von Rügen genossen, war ich heute Kundin im Wellnes – Bereich, um mich verwöhnen zu lassen und um etwas gegen meine Rückenschmerzen und meinen Muskelkater zu tun. Obwohl die Sache ungewohnt und nicht ganz billig ist, bereue ich weder Kosten noch Mühe und sage es vorweg: es war traumhaft.

Ich möchte all denen Mut machen, die mit dem Gedanken spielen, sich auch professionell verwöhnen zu lassen, dann doch immer wieder Gründe finden es nicht zu tun. Mal ist es das Geld, mal die Zeit, mal gelingt es nicht den inneren Schweinehund zu überwinden. Traut euch!!!

Was habe ich denn nun erleben dürfen? Eine Packung aus Nachtkerzenöl auf einem mit 39° beheizten Wasserbett eröffnete die Behandlung. Dazu kamen Kerzen und beruhigende Musik. Ich fühlte mich wie schwebende Jungfrau, nur mit dem Unterschied, dass ich keine mehr bin, leicht wie auf einem orientalischen Teppich. Danach kam ich auf die Folterbank zur Rückenmassage, die war zunächst schmerzhaft, danach aber wirksam und hilfreich. Ich gönnte mir zur Belohnung und zur Erinnerung noch einen dunklen Nagellack und war physisch und psychisch erfrischt. Schade, dass man nicht so viel Kohle hat, dass man sich solche Besuche öfter mal leisten kann, aber wir sind eben nicht illustrer Adel. Ab und zu, das habe ich mir fest vorgenommen, gönne ich mir dieses Verwöhnprogramm, dann gibt es eben einen Latte Macchiato weniger, man muss gut planen. Zum Abschluss bekommt man an der Rezeption ein kleines Lesezeichen mit folgender Aufschrift:

Allgemeine Baderegel

Vor dem Bade kann man ein gewohntes leichtes Frühstück nehmen. Womöglich muss die Leibesöffnung vorher abgewartet werden.

Dr. S. G. Vogel
Großherzogl.
Mecklenburg – Schwerinschen geheimen
Medicinalrathe und Leibärzte
BADEHAUS GOOR aus der Hotelkette Raulff – Hotels Rügen

P:S: Ich habe die Nachbildung der Kaiser – Friedrich – Wilhelm – Badewanne gesehen.

Herbstzeitlose

Der Sommer hat sich früh, zu früh aus dem Staub gemacht und den „goldenen" Herbst mit Spinnweben und Mittagssonne gibt es eigentlich auch nicht so richtig. Alle hoffen auf den klassischen Altweibersommer. Astern, Dahlien und Herbstzeitlose stehen in voller Blüte und setzen Farbtupfer.

Die Schule ist schon wieder Alltag. Neue Aufgaben wecken Lust auf Kreativität. Mein Auto und ich auch – wir beide sind so in die Jahre gekommen, das sind meine „Kopfschmerzen" in diesem Herbst. Von der Vernunft her müsste man sich in puncto Auto für Neukauf entscheiden, aber ich kann mich ganz schwer von etwas trennen, das mir immer treue Dienste geleistet hat. Es hängen Erinnerungen an so einem Teil aus Blech, so dass ich mir und ihm noch eine Reparatur gönnen werde.

Ja, es herbstet ganz schön, man muss sich kleidungstechnisch umstellen. Die igligen Schalen der Kastanien fangen schon langsam an aufzuplatzen. In Geschäfte, die die Tür auf haben, weht schon das erste zarte Laub. Bunt sind die Wälder zwar noch nicht, aber die Stoppelfelder sind größtenteils schon umgepflügt. Riesige Scharen von Möwen versammeln sich dann hinter einem Traktor, jede möchte in der aufgebrochenen Erde etwas erbeuten. Die Zugvögel sammeln sich oder sind schon weg. Das Interesse für gute Bücher, Theater, heißen Tee usw. steigt, man kuschelt sich besonders gern wieder ein. Bald wird abgegrillt im Garten und die Herbstfurche gezogen. Der Jahreskreislauf schreitet voran. Der Herbstanfang ist durch den Tod meiner lieben Mutti an diesem Datum negativ besetzt. Es vergeht kein Tag, an dem ich nicht an die Liebe und Weisheit meiner Eltern denke. Die Herbstzeitlosen an unserem Haus sind ein stummer Gruß der beiden, denn unmittelbar nach dem Hausbau hat Mutti die Blumenzwiebeln in den Boden gebracht. Es ist ein großes Glück, dass es meine Eltern gab. Ich genieße zusammen mit meinem lieben Paul die Zeichen des Herbstes, besonders die Herbstzeitlose.

Wärmflasche statt Nuckel

Nach dem 20.September sprechen die Meteorologen vom Altweibersommer, vom Frühherbst. Man kommt noch ohne Heizung aus, wenn man nicht gerade Baby oder älterer Mensch ist und einen lieben Schatz an seiner Seite hat. Sturm und Regen, Frühnebel, aber auch Sonne, reiche Obst – und Gemüseernte – das alles vereint diese Zeit. Erntedank, Luthers Thesenanschlag und die Zeitumstellung sind sichere Anzeichen dafür, dass der Herbst in seine letzte Phase getreten ist. Wenn der Mensch symbolisch in seinen Herbst tritt, hält auch dieser Abschnitt schöne Seiten bereit: die Weisheit des Alters, die junggebliebene Liebe mit Sex und allem, was uns ausgeglichen und froh macht. Ein Auto muss alle zwei Jahre zum TÜV, so einen Verschleiß hat auch unser Körper, er braucht auch Kontrolle und Pflege und ab und zu ein paar Ersatzteile. Wenn die Knochen weh tun, ist eine Wärmflasche genau das Richtige. Sie gibt einem die Behaglichkeit aus der Kindheit zurück. Man träumt sich dann seine Welt zu recht, wie man sie brauchen kann. Der Wecker um 5.30 Uhr schafft dann wieder Klarheit, wo wir sind und was anliegt. Es fällt manchmal schwer jedem Tag die Chance zu geben, der schönste unseres Lebens zu werden. Aber man sollte sich darum bemühen und akzeptieren, dass es „kleine" und „große" Tage gibt. Liegt nicht oft im Kleinen das wirklich Große?
Heute ist Sonntag und der kalendarische Herbstanfang und es ist noch T – Shirtwetter. Mein Paul und ich waren noch einmal mit fünf Rosen zum Friedhof und haben am Sterbetag meiner Mutti eine kleine Andacht gehalten. Die Grabstätte gleicht einem Blütenteppich.

Die Eisbegonien sind doppelt so hoch wie die Buxbaumhecke, dazu das kräftige Blau vom Männertreu, die Sträuße in den Vasen und die winterharte Heide nahe am Stein – das alles ergibt dieses Bild. Wir haben es fotografiert für die Kinder und Onkel Günter.
Es war ein stiller Tag, aber dennoch schön. Die Sonne meinte es mehr als gut mit uns. Das war auch gestern so, als wir eine kleine Inseltour machten und dann zu Kaffee und Kuchen in der „Nautilus" landeten. Die Insel taucht stellenweise schon ein in den großen Topf der Herbstfarben. Das Spielglück war uns wieder nicht hold, aber das ist nicht zu ändern. In solcher Situation wird oft lakonisch gesagt: „Hauptsache Gesundheit". Man verkennt dabei, dass das wirklich das Wichtigste ist. Also, fleißig sein, lieb sein, der Jahreszeit entsprechend kleiden und nicht die Wärmflasche vergessen - den lieben Schatz– ein gutes Buch dazu – das ist doch schon ein ziemlich großes Stück vom Glück.

Blauer Montag

Auch wenn man sich am Montag verstärkt einredet, es sei Freitag, irgendwie bleibt es Montag. Ich persönlich habe dieses Problem nicht, aber durch die Unlust der Gegenüber wird man automatisch in seinem Elan gedämpft. Da ist zunächst diese graue Einheitsmasse von Schülern, die durch Gestik und Mimik ausdrückt: „Bitte weck mich nicht!" „Bitte frag mich nicht!" Die Tasche wird so mitgenommen, wie sie am Freitag in die Ecke gedonnert wurde – mit dieser Situation mussten schon Generationen vor uns lernen umzugehen, nur da war auch am Samstag Unterricht. Der Effekt ist immer gleich, ob man gegen die Sache angeht oder sie ignoriert – es kommt nicht viel bei rum an Leistung, Wissen usw.

Auch Harry Potters Zauberstab wäre da sicher machtlos. Man muss sich eben ab Dienstag um mehr Power bemühen, denn am Freitag ist Vorwochenende, da ist dann auch die Luft raus. Da locken die freien Tage mit Disse u.a. – das will alles gut geplant sein. Das Schild aus der guten alten „Feuerzangenbowle" WEGEN BAUARBEITEN GESCHLOSSEN könnte das Image des Montags noch retten – frei haben, ausschlafen, ohne Schule sein. Aber das bleibt ein Filmwunsch.

Die Sonne scheint, der Vormittag vergeht und nun sieht auch dieser Tag recht passabel aus, denn nach der Schule ist die Welt für die Schüler doch eine ganz andere. Nach der Schule ist für mich vor der Schule, aber die Kiddis sehen das natürlich ganz anders. Die neuen Medien oder die Technik im weitesten Sinne bannen die Kinder auch bei schönstem Wetter vor ihre Bildschirme.

Drachen basteln und dann steigen lassen, über Stoppelfelder laufen, Beeren und Pilze suchen- Erntedank – tangiert das die jetzige Generation noch oder nur die Außenseiter? Ich denke, das ist ein weltweites Problem – die Vereinsamung durch Technik.

Genießen wir diesen Tag getreu dem Gedicht, in dem es heißt: „Heut' ist ein Herbsttag, wie ich keinen sah..." Im Radio hörte ich, dass ein Ehepaar 700 km gefahren ist um die Kraniche in Hohendorf zu beobachten. Die Vögel des Glücks machen dort Rast und fressen sich voll für die weite Reise. Das macht doch Mut, dass unsere Natur immer noch geschätzt wird. Umso erschreckender kommt die Nachricht daher, dass in China tausendfach Tiger und Leoparden getötet wurden, nur weil angeblich der Penis dieser Tiere den Menschen mehr sexuelle Lust bereitet. Halten wir uns an die guten Aussichten für Fauna und Flora und freuen uns auf den Dank der Natur im nächsten Jahr.

Fragen an den Tag

Es ist kein Sportfest. Es ist immer noch Geschichte statt Chemie. Es ist Feueralarm. Kein Buch, keine Lust – so beginnt dieser Tag. Er soll eigentlich mit einem Friseurbesuch und einem kleinen Lottogewinn enden, statt Lottogewinn musste ich unplanmäßig zum Zahnarzt. Man staunt immer wieder, wie man das jetzt schon über 50 Jahre aushält. Es kann nur noch besser werden. Rostock siegt in Berlin 3:1, wer hätte das gedacht? Was machen unsere Fußballfrauen heute in China? Der Tag hat so viele Fragen. Mal sehen, wie am Abend die Antworten aussehen. Mein Sohn ist heute früh nach Mallorca zum Lehrgang geflogen – alles Gute für Start und Landung und den Rest der Zeit.

LYRISCHER VERSUCH

Wie liebst du mich?
Mal zärtlich wie ein Kind,
das so unschuldig ist.
Mal wie ein Löwe, der zu
seiner Löwenfrau kommt
um die Art zu erhalten.
Mal so, mal so,
aber immer mit Herz und Verstand,
ehrlich und gut.

Wie lieb ich dich?
Mal stürmisch wie die See,
mal ruhig wie eine laue Sommernacht.
Ich liebe dich von ganzem Herzen.

Wie lieben wir uns?
Wie Adam und Eva?
So, als hätten wir die Liebe erfunden?
Am meisten, am besten,
am stärksten von der Welt.
So ist die Liebe richtig, wenn sie einmalig ist.

Einmal im Jahr muss es sein

Einmal im Jahr ist Schlemmen erlaubt, auch für den größten Gesundheitsapostel. So ist es zu erklären, dass eine Anzeige im „Blitz", die auf ein einmaliges Eisbeinessen im Kurhaus Devin aufmerksam machte, mich zum Hörer greifen ließ um einen Tisch für zwei Personen zu bestellen. Was ich noch nicht wissen konnte, es war gerade an diesem Sonntag ein wunderschönes Herbstwetter und ein Ehepaar aus unserem Aufgang saß mit an unserem Tisch.

Wir verlagerten unseren Spaziergang vor das Essen, was eigentlich unklug war, aber sehr schön, denn wir konnten ein Eichhörnchen ganz aus der Nähe beobachten. Überall lagen Kastanien, Eicheln und Bucheckern eingebettet in frisches Laub. Wir sahen die Rügenbrücke nebst Werft aus einer anderen Perspektive. Jetzt hatten wir richtig guten Appetit auf unser Eisbein. Die Stimmung war super, es durfte zum Glück nicht geraucht werden und ein Ehepaar aus unserem Haus ließ es sich schon schmecken. Wir brauchten auch nicht lange hungrig zuzusehen, dann durften wir auch unseren Jieper stillen. Eine Kugel Eis musste noch hinterher. So ein gutes Essen wurde dann auch mit einem schönen Trinkgeld belohnt.

Wir werden bestimmt im nächsten Jahr wieder dabei sein.

Kürbissuppe und Bauernmarkt

Wenn die Kinder bald „einfallen" ist immer eine Menge vorzubereiten. Hotel „Mama" möchte sich ja auch nicht blamieren. Zum Schluss werden Kühl – und Vorratsschränke aufgefüllt. Das erledigten wir am Samstagnachmittag. Danach war uns nach einem ruhigen Plätzchen mit ein paar Kalorien. Fast hätten wir das Hof – und Kürbisfest in der Pommernkate in Rambin vergessen. Die Pommernkate war ganz früher das Sägewerk von Lange, in der DDR war sie Gaststätte und Quartier für Zwönitzer Ferienkinder. Danach stand das Objekt jahrelang leer und war dem Verfall preisgegeben.

Wir schauten uns alles an, was an Herbstlichem da war. Mein Schatz nahm Kuchen und Tee, ich zunächst auch, konnte dann aber nicht vorbei an einem Teller Kürbissuppe, die sich als äußerst schmackhaft herausstellen sollte. Wir saßen an einem windgeschützten Platz und konnten die Besucher gut sehen, besonders ältere Rambiner, die man nicht so oft trifft. Man freut sich irgendwie, dass man nicht nur selber älter wird, sondern die anderen auch. Gut erholt und gestärkt konnte der Abend kommen. Ich las noch in meinem Buch „Torschlusspanik" von einer jungen Autorin, bereitete meinem Schatz (Hasen) ein Abendbrot zu. Der Rest ist privat.

17 Jahr- blondes Haar --- nein, 17 Jahre einheitliches Deutschland

Herbstanfang, Einheitstag und der schon zum 17. Mal und dann noch in Schwerin gefeiert – wo sind nur die Jahre geblieben? Wie habe ich eigentlich die Wende erlebt? Ich war damals schon eine erfahrene Lehrerin, privat war ich im vierten Jahr geschieden. Mein Sohn kam in die erste Klasse und meine Tochter hatte in der 10. Klasse gute Zensuren und wusste nicht, was sie werden wollte, also machte sie erst einmal Abitur. Ich hörte die Nachricht durch Walter Schabowski im Fernsehen, dass für alle die Reisemöglichkeit in die BRD bestünde. Wir konnten es gar nicht fassen, meine Eltern und ich. Ich höre noch , wie meine Mutter sagte: „Karin, jetzt kommt deine Zeit." Mein Vater ergänzte, dass es jetzt mehrere Parteien, Konkurrenz und Privateigentum gäbe wie in seiner Kindheit und Jugend. Nach dem Mauerfall bekam jeder Bürger der DDR 100 DM, das sogenannte Begrüßungsgeld. Das musste bis zum 31.12.1989 persönlich abgeholt werden.. Man hörte ja so Beispiele, was in den Zügen so los sei. Meine Mutter konnte das Lamentierenmeines Vaters nicht mehr hören. Sie schickte ihn zum Hauptbahnhof nach Stralsund um Fahrkarten und Platzkarten zu kaufen für den nächsten Tag, es war der 5.12.1989. Die Zugfahrt war angenehm, sie überquerten den legendären Grenzübergang „Check – Point – Charly" nach Westberlin. Mein Vater hatte wenig Sinn für die neue Welt und wäre nach dem Geldempfang am liebsten gleich wieder nach Hause gefahren. Meine Mutti kaufte Nikolaus – und Weihnachtssachen ein, die uns Papa dann am 6.12.89 brachte, inclusive 50 DM. Da war die Freude groß, jedes Teil betrachteten wir von allen Seiten, dazu kamen die vielen Zitrusfrüchte, wir waren einem Vitaminkollaps nahe.

Ich fuhr mit meinen Kindern erst am 30.12.89 das Begrüßungsdeld holen, da meine Tochter lange Zeit ein Gipsbein gehabt hatte. Sie kaufte sich eine Jeansjacke mit ausknöpfbarem Fell. Der Verkäufer konnte es nicht fassen, wie man sich so zu einer Jacke freuen konnte. Mein Sohn wollte natürlich Spielautos aller Art – ähnlich wie sein Opa wollte er danach möglichst schnell nach Hause und keinen Schritt mehr laufen. Doch das war nicht so vorgesehen. Es war also etwas Geduld von beiden Seiten erforderlich.

1990 – es kam die Einheit und die Zusicherung , dass Bodenreformland beim jetzigen Besitzer bleibt. Hier hatte sich die Geschichte erstmals zum Vorteil meiner Eltern gewendet. Die führenden Ämter wurden fast alle mit CDU – Mitgliedern besetzt. Es gab bald mehr Ämter als CDU – Mitglieder, aber ich blieb parteilos. Ja, die neue zeit war recht angenehm. In der Schule war nahezu alles möglich, die Kuschelpädagogik hielt Einzug.

Es war manchem damals gar nicht so bewusst, was wir in der Zeit vor 1989 mit wenigen Mitteln für eine solide Arbeit geleistet hatten, denn die neue Zeit war zunächst sehr schillernd – man konnte kopieren, hatte ganz viele Lehrbücher – das war schon toll! Privat konnte man auch nicht klagen. 1993 kaufte ich mir ein neues Auto, aus heutiger Sicht viel zu spät, aber ich hatte eher nicht den Mumm dazu. 1995 verkauften meine Eltern Haus und Grundstück und bauten im Ort neu. Das war ein gewaltiger Schritt, aber unbedingt richtig. Heute steht dort ein Reiterhof, so dass sich der Kreis wieder einmal schließt, denn mein Vater hatte zusätzlich zu seiner Schmiedprüfung noch die Hufbeschlagprüfung in Rathenow abgelegt und konnte gut Pferde beschlagen. Seine Liebe zu Pferden findet sich also hier wieder.

Als Fazit kann man sagen: wir erlebten die Wende positiv. Wir freuten uns über die neuen Projekte im Dorf und auf der Insel, bei denen viel erneuert oder verschönert wurde, was schon lange Schandfleck gewesen war.

Brückenzeit

„Deutschland schlägt Brücken" – das war das Motto der drei tollen Tage zur Eröffnung der Rügenbrücke. Über 330 000 Gäste waren dabei, darunter auch meine Tochter aus Hamburg und mein Sohn mit Freundin aus Frankfurt/M. Es waren vier Freuden auf einmal: Einweihung der neuen Brücke, Besuch durch meine Kinder, das Erscheinen meines ersten Buches „Die Katze im Rollstuhl", eine Woche Herbstferien – Reihenfolge ist beliebig gewählt. Mein Schatz und ich erlebten die Lichtershow von der Couch aus, mit einem Glas Champagner wurde angestoßen. Sehr eindrucksvoll war der blaue Lichtschlauch von Stralsund nach Altefähr, kombiniert mit einem Feuerwerk und sehr emotionaler Musik, so z.B. mit der Ode an die Freude aus der 9. Sinfonie von Beethoven. Da konnte man schon Gänsehaut bekommen.

Am 22.10.07 fuhren erstmals Autos über die Brücke. Wir nahmen noch den Rügendamm, da gegen 16.00Uhr die Übergabeprotokolle noch nicht unterschrieben waren. Am nächsten Tag waren wir in Greifswald ins Schulamt wegen der Gestaltung meiner letzten Arbeitsjahre und zurück ging es dann mit 80 Sachen über die neue Brücke nach Rambin.

Ich gebe es zu: In Abwandlung zu Heinrich Heine kann ich sagen: „ Im Monat Oktober war's, Die Tage wurden trüber, Der Wind riss von den Bäumen das Laub, Da reist ich nach Rügen hinüber. Und als ich an die Rügenbrücke kam, da fühlt ich ein stärkeres Klopfen in meiner Brust, ich glaube sogar die Augen begannen zu tropfen."

Ja, meine Befürchtung Höhenangst zu kriegen bestätigte sich zum Glück nicht. Ich musste an die Vergangenheit denken, an die Geschichten meiner Großeltern und Eltern. Wie oft hatte ich schon im Geschichtsunterricht vom Rügendamm und der Ziegelgrabenbrücke gesprochen.

Die Brücke spielte immer eine große Rolle zwischen Rügen und dem Festland. Krieg, Befreiung der Insel, die beiden harten Schneewinter wären da zu nennen. Mein größter Wunsch während der Einweihungsfeierlichkeiten war. Nie möge diese Brücke durch Menschenhand zerstört werden!!! Ob sie ihre Rolle als Staukiller gut spielen wird, bleibt abzuwarten. Jedenfalls ist sie in vielerlei Hinsicht etwas Besonderes.

Zur zweiten Freude lässt sich sagen, dass es schön war beide Kinder einmal wieder zusammen hier zu haben. Durch die Entfernung sehen sich die Geschwister ja auch nicht so oft. Die Zeit verging wie immer viel zu schnell.

Die dritte Freude war die Geburt meines BABYS, die Veröffentlichung meines ersten Buches. An der Brücke wurde drei Jahre lang gebaut, für mein Buch habe ich ein halbes Jahr gebraucht. Es war schon vor dreißig Jahren mein Wunsch ein Buch zu schreiben. Meine Mutti hat mich auch darin bestärkt es zu tun, aber es war immer wieder etwas anderes wichtig. Dass es jetzt geklappt hat, daran waren viele beteiligt, in erster Linie mein lieber Schatz, der mich in allen Dingen unterstützt hat und unterstützt, denn meine „Glücksmomente" sind auch bald fertig. Viertens: die Herbstferien waren viel zu kurz, aber zum Glück hat Martin Luther am 31.10.1517 seine 95 Thesen an die Schlosskirche zu Wittenberg gebracht, so dass in M-V der nächste Mittwoch Feiertag ist.

In diesem Sinne: Lasst uns nicht nur verkehrstechnisch Brücken schlagen, sondern auch vom Herzen her.

NOCH EIN LYRISCHER VERSUCH

Wie wir <u>nicht</u> sein möchten
Nicht wie Stahl und Beton so kalt,
Nicht wie Anode und Kathode so gegensätzlich und abweisend.
Nicht wie der „Nebel, der schwer auf die Dächer drückt",
Nicht wie die „stolze Rose, die immer bewundert will sein."
WIR möchten sein „wie das Veilchen im Moose: bescheiden, sittsam und rein."
WIR möchten sein wie die Sonne, die alles erhellt.
WIR möchten sein wie eine Brücke, die verbindet.
WIR möchten sein wie ein Stern in einer Sommernacht.

Wenn der Oktober zu Ende geht

Endlich, endlich kam die Harry – Potter – Nacht. Pünktlich zur Geister-
stunde wurde Band VII enthüllt. Vorher musste man aus den Schnipseln im
Schaufenster ein Lösungswort als Eintrittskarte basteln, in diesem Fall hieß
es „Zitronensorbet". Dann ging es in der Buchhandlung gleich auf Schnip-
seljagd, es war erneut ein Lösungswort gesucht, das auf einen Zettel
geschrieben werden sollte und dieser kam dann in eine Lostrommel. Die
Verlosung und weitere drei Quizrunden verkürzten die Zeit bis um
Mitternacht. Die glücklichen Gewinner bekamen schöne Preise, manche
sogar Band VII, es folgte dann noch eine gespielte Szene aus „Harry Potter".
Pünktlich um 00.00Uhr begann der Ansturm auf die zwei Kassen, mein
Schatz war auch darunter.
Der gute Martin Luther, schön, dass er die Kirche reformieren wollte, denn
der freie Tag ihm zu Ehren ist bei diesem Schmuddelwetter echt was Feines.
Der 31.10. ist seit der Wende auch als Halloween bekannt. „Süßes, sonst
gibt's Saures!" rufen die Kinder und man ist gut beraten ihnen ihren Wunsch
zu erfüllen. Viele denken, dieser Brauch, bei dem der Kürbis nicht für die
Suppe, sondern zum Schnitzen gebraucht wird, stamme aus den USA, falsch,
die Kelten, die unseren Landstrich besiedelten, hatten diesen Brauch.
Jetzt kommt der November, mit dem wohl so mancher sein Problem hat:
statt Herbstgold Nebel, Sturm und auch mal Kälte. Fern ist noch der
Lichterglanz im Dezember, aber in Gedanken bereiten wir irgendwie das
Fest schon vor.

Es wird geplant, es werden Wünsche erfragt oder erraten, Vorräte werden angelegt. Es kommt „ein Wind, der Kühle bringt und der uns frösteln lässt. Ein Kind im Schlafe singt schon von dem Weihnachtsfest."
Lieber November, wir wollen dir nicht Unrecht tun! Auch du bist wichtig im Jahreskreis! Wie heißt es in der Bibel: ALLES HAT SEINE ZEIT. Auch die Stille und Besinnung, das Gedenken der Toten sind wichtig. Danke, Monat November, dass du uns die Möglichkeit gibst in uns zu gehen und dass du das Kirchenjahr abschließt!!!

Amboß oder Hammer sein

Das Jahr 1922

Zu Beginn des Karnevalls, am 11.11.19222, wurde mein Vater, Walter Paul Ernst Möller, in Rambin auf Rügen geboren. Seine Eltern, Friedchen und Robert Möller, waren arm an materiellen Dingen, aber reich an Liebe und Menschlichkeit. Zur Familie gehörte noch Omas Sohn Albert aus einer vorherigen Beziehung. Die „Aufzucht" des kleinen Walter gestaltete sich schwierig. Er war ein Schreikind und es stand keine Nahrung. Man vermutete, dass er „besprochen" worden sei. Meine Oma fuhr zu einer wundersamen Frau nach Stralsund in der Nähe der Marienkirche, die ihr riet die Schlüssellöcher in den Türen mit Papier auszustopfen und ihr noch weitere Tipps gab, so dass das Kind ruhiger wurde, wuchs und gedieh, obwohl so ein leichter Hang zur Nervosität sich ein ganzes Leben lang erhielt. Ein Kinderwagen wurde nicht angeschafft. Mein Vater Walter lag in der Wiege und wurde im Frühjahr auf dem Arm getragen. Gemeinsam mit Albert und den Nachbarskindern, z.B. Schlabenkröger, Susemil und anderen, wurde gespielt und eine schöne Kindheit verlebt, allerdings mit Entbehrungen, denn die Weltwirtschaftkrise erlebte 1923 ihren Höhepunkt. Auch später blieb das liebe Geld immer ein Thema. Nach Omas Tod 1974 fand ich noch in ihrem Vertiko Inflationsgeld aus dieser Zeit, das ich dann später für den Geschichtsunterricht verwenden konnte. Die Schule in Rambin war damals das strohgedeckte Haus an der heutigen B96 in der Nähe der Kirchhofsmauer. Mein Vater stand oft an dieser Mauer, weil er keine große Lust zur Schule hatte. Sein älterer Bruder holte ihn dann ab und nahm ihn mit hinein. Es war eine sogenannte Einklassenschule, in der noch der Rohrstock regierte. Einige, die kein Einmaleins konnten, wurden abkommandiert zum Kühe – oder Gänsehüten. Mein Vater Walter gehörte nicht zu denen. Mein Opa Robert war Sozialdemokrat und in diesem Sinne wurden auch seine Jungs erzogen. Die Machtübernahme durch Hitler erlebte mein Vater als Kind. Der Lehrer sprach, dass nun wie bei einem Lichtschalter alle 33 Parteien in Deutschland ausgeschaltet wurden, es gab nur noch die NSDAP. Mein Vater konnte sich auch an die Zeit davor, an das Ende der Weimarer Republik erinnern, an die Saalschlachten der einzelnen Parteien. Der Doktor nähte die Platzwunden, sein Notkoffer kam öfter zum Einsatz. Die Gastwirte erhielten ständig neues Mobilar. Das Dorf bekam einen neuen Bürgermeister, mein Vater neue Lehrer. Über die Mitgliedschaft in der HJ gab es in der Familie große Diskussionen. Mein Opa untersagte zunächst den Beitritt, aber seine Kinder hatten als Außenseiter solche Schwierigkeiten in der Schule, so dass er sein Verbot aufhob und es auf zu Hause beschränkte.

„Kauft nicht beim Juden!" – das war nur ein Verbot von vielen. Mein Opa fuhr mit beiden Jungs auf dem Fahrrad nach Stralsund zum Juden und kaufte nach etlichen Verhandlungen zwei Manchesteranzüge für fünf Reichsmark. Das Unternehmen war ein Risiko, denn wurde man erwischt, gab es harte Strafen bis hin zum Lager.

Mein Vater erlernte wie sein Vater und sein Halbbruder Albert den Beruf eines Schmiedes beim hiesigen Schmiedemeister. Kost, Logie und Ausbildung waren kostenlos, dafür musste mein Vater rund um die Uhr bei Herrn und Frau Meister zur Verfügung stehen. „Lehrjahre sind keine Herrenjahre" – dieses Sprichwort traf zu.

Hitler redete vom Frieden, bereitete aber mit allen Mitteln den Krieg vor. So kam das Jahr 1939, der 1.September, der als Beginn des Zweiten Weltkrieges in die Geschichte eingegangen ist. Mein Vater wurde als Flugzeugschlosser auf den Fliegerhorst Bug in Dranske auf Rügen abkommandiert, wo er je nach Führerbefehl Kampfmaschinen in Sanitätsmaschinen und umgekehrt umbaute. Mein Opa war zu alt für den aktiven Wehrdienst. Albert war bei der Kriegsmarine. Er lief mit dem U – Boot etliche Male aus, sollte aber im Laufe des Krieges sein Leben verlieren. Das haben meine Großeltern, besonders meine Oma, nie richtig verwinden können. Immer zu Alberts Geburtstag am 12.Juni weinte sie. In der DDR war der 12.6. Lehrertag und ich konnte als Kind gar nicht verstehen, warum bei meiner Oma immer die Tränen flossen. Mein Vater wurde kurz vor Kriegsende zur Grundausbildung nach Holland zur Fahrradkompanie geschickt und von dort kam er gleich an die Front. Am 25.Februar 1945 um 5.00 Uhr morgens wurde er durch einen Granatsplitter unter dem linken Arm verwundet und zweimal kurz hinter einander operiert. Er lag im Lazarett. Als zum Kriegsende in Magdeburg ein Brückenkopf verteidigt werden sollte, waren die Frontlinien schon nicht mehr klar erkennbar. Mein Vater sagte, dass er Läuse unter dem Gipsverband habe, was ja gar nicht stimmte, der Gips wurde aufgeschnitten, er bekam einen Verband, einen sogenannten Stucka, er wurde zur ambulanten Behandlung nach Hause entlassen. So war er wieder in Rambin und fuhr nach Bergen in die Schule zum Verbinden.

Das Jahr 1923

In dem kleinen Dorf Rukieten bei Schwaan in Mecklenburg wird am 24.7.1923 früh um 5.00 Uhr Hella Erna Frieda Fahning als zweites Kind der Eheleute Adolf und Martha Fahning geboren. Die Geburt hatte etliche Stunden gedauert. Als mein Opa dann gerade den Mähbinder vorbereitet hatte, um das Korn anmähen zu können, war das Kindlein da. Nicht geplant, aber willkommen.

1923 waren die Sommer heiß und die Wöchnerinnen mussten mit ihren Babys noch mehrere Tage im Bett liegen. Auf dem Höhepunkt der Weltwirtschaftskrise gab es öfter Malzkaffee mit Zucker in der Flasche, weil Oma die Milch nicht mehr bezahlen konnte, sie kostete manchmal Billionen. Mutti wuchs zunächst auf dem Lande auf. Nach zwei Jahren, auch im Juli, wurde ihr Bruder Günter geboren. Als sie sieben Jahre alt war, also in dem schönsten Spielalter, bekam sie den dritten Bruder, Adolf, auf den sie auch noch aufpassen musste. Insgesamt sollten es fünf Geschwister werden, von denen ein Mädchen ganz früh starb. Mutti hielt Adolf manchmal die Augen zu und sagte auf die Frage meiner Oma: "Schlöppt Ödder?" einfach ja und war draußen auf dem Hof. Es dauerte aber nicht lange und das Einschlafspiel ging von vorne los.

Als Mutti im mittleren Schulalter war, erbte die Familie ein Haus in Schwaan in der Warnowstraße 16. Der Wechsel vom Land in die Stadt fiel nicht leicht. Mutti musste eine Klasse wiederholen wegen der Niveauunterschiede zwischen Stadt und Land. In der Stadt gab es einzelne Klassen, in denen Jungen und Mädchen getrennt unterrichtet wurden. In Rukieten war auch nur eine Einklassenschule gewesen. Mutti war fleißig und sehr geschickt, so dass sie schon bald mit den Stadtkindern gleichgezogen hatte. Schon als Kind konnte sie die schönsten Handarbeiten anfertigen. Erstes Strickergebnis war ein Pullover mit Perlmuster und Kragen, zunächst für sich selbst, dann auch für ihre Brüder. Mit 14 Jahren wurde sie konfirmiert. Ihr Konfirmationsspruch lautete: „Wenn du noch eine Mutter hast, so danke Gott und sei zufrieden!"

Mit der Konfirmation zu Ostern war Muttis Schulzeit beendet. Sie trug nun in Schwaan Hüte aus für renommierte Geschäfte, damit die Kunden sie zu Hause anprobieren konnten. Die Hutschachteln waren bald größer als sie. Diese ganze Rennerei brachte nicht mehr als einen Hungerlohn ein. Also ging Mutti bei vornehmen Leuten in Stellung, so hieß das damals. Ziemlich lange war sie in einem Arzthaushalt. Die Frau war gelähmt und der erwachsene Sohn stellte ihr immer nach, aber ohne Chance. Mutti löste das Arbeitsverhältnis, weil sie ungerecht verdächtigt worden war Bettwäsche genommen zu haben. Dabei war die Tochter des Arztehepaares zu Besuch gewesen und hatte sich Wäsche mitgenommen, ohne etwas zu sagen. Das klärte sich dann alles auf, der Arzt entschuldigte sich bei Mutti, aber sie behielt ihren Stolz und ging nicht zurück. Einige Zeit arbeitete meine Mutter auf der Chemischen. Sie wollte so gern Laborantin werden, aber mein Opa meinte nur: „Du heiratest später, was soll ich noch so viel Schulgeld bezahlen?" So blieb Mutti angelernt und nahm den Kaninchen Blut aus dem Ohr ab. Es ging um die Insulinherstellung in diesem Labor. Ihr Chef meinte immer, dass man beim Umgang mit der Pipette sehen könnne, dass Mutti Nichtraucherin war.

Das Jahr 1939

Die Zeichen des Krieges gingen auch an Schwaan nicht vorbei. Die Zeitungen füllten sich mit schwarzumrandeten Anzeigen. Männer, Söhne blieben im Krieg. Die Frauen standen in Gruppen auf der Straße und versuchten sich gegenseitig Trost zu spenden. Wie soll da ein junger Mensch von 17 Jahren seine Jugend genießen? Muttis Bruder Adolf hatte am 1. September Geburtstag. Als die Mobilmachung ausgerufen wurde, kamen Muttis Brüder Karl – Heinz und Günter, der erst 18 Jahre alt war, an die Front.

Die Familie war so in Aufruhr, dass sie vergaß dem Jüngsten, der 1930 geboren war, zum Geburtstag zu gratulieren. Mein Onkel Günter wurde Heiligabend 1943 durch einen Kopfschuss schwer verwundet. Er war der jüngste Soldat im Lazarett. Karl – Heinz musste vom Fronturlaub wieder zurück an die russische Front und gilt ab da als vermisst. Ja, Mutti musste zum Arbeitsdienst und wurde zum Fliegerhorst Bug nach Dranske auf die Insel Rügen geschickt. Hier hatte sie Messungen an den Bordgeräten im Flugzeug vorzunehmen. Sie war sehr von Heimweh geplagt. Überall Wasser und meistens Wind, besonders den scharfen Wind auf der Insel mochte sie bis zuletzt nicht.

Es dauerte nicht lange, da wurde mein Vater aufmerksam auf meine Mutter. Er stellte ihr nach, so dass dem Vorarbeiter das schon auffiel. Eines Tages sagte er zu Mutti: „Bliew doch ees stahn, ik will di ja ok heuraten!" (Bleib doch mal stehen, ich will dich ja auch heiraten!) Das sagte er zu einer Zeit, als meine Mutter auf keinen Fall etwas mit Männern zu tun haben wollte, aber wie 49 Ehejahre zeigen werden, setzte er sich durch.

1945

Der Krieg nahm seinen Lauf. Mein Vater kam an die Front und wurde verwundet. Das war sein Kriegsausgang. Meine Mutter blieb bis in die letzten Kriegstage in Dranske. Alle Arbeiter sollten mit Flugzeugen ausgeflogen werden. Meine Mutter saß auch schon in einer Maschine, doch ihre Freundin aus Bergen redete so lange auf sie ein, bis sie ausstieg und versprach zu Fuß mit nach Bergen zu kommen. Das war für meine Mutti ein großes Glück, denn die Maschine, in der sie gesessen hätte, explodierte wenig später über dem Wasser und ging in Flammen auf.

Mutti blieb in Bergen, weil durch den kaputten Rügendamm noch kein Zug nach Schwaan fuhr. Als sie wieder einmal in Bergen auf dem Bahnhof war, um nach den Zügen zu sehen, traf sie auf meinen Vater, der hinter der großen Bahnhofstür stand und vom Verbinden gekommen war. Die Wiedersehensfreude war groß. Mein Vater erkundigte sich nach Muttis Plänen. Er schlug Mutti vor sie mit nach Rambin zu nehmen zu seinen Eltern und sie als seine zukünftige Frau vorzustellen. Mutti zögerte einen Moment, willigte dann aber doch ein.

So kam Mutti nach Rambin. Sie verstand sich von Anfang an sehr gut mit meinem Opa Robert. Die beiden waren ein Herz und eine Seele. Das Verhältnis zu meiner Oma war auch in Ordnung, meine Mutter war ihr nicht nur eine gute Schwiegertochter, nein, eine leibliche Tochter hätte zu ihr nicht besser sein können. Aber meine Oma war teilweise etwas aufbrausend und übereifrig. Sie war zuerst immer noch auf der Suche „nach was Besserem" für ihren Walding, was natürlich totaler Quatsch war, denn die beiden hatten sich gesucht und gefunden, wie man so sagt.

Ja, 1945 war der Zusammenbruch. Die Rote Armee marschierte in Rambin ein. Am ersten Tag verteilte sie Fleisch u.a., das sollte sich aber in 24 Stunden ändern. Es kam natürlich auch in diesem Dorf zu den bekannten Übergriffen.

Sogar von der alten Frau Piehl wollten die Soldaten „zehn minutka", aber sie war so schlau und brach dem Wüstling den Daumen, so dass er schreiend aus dem Zimmer lief. Mein Vater hatte keine gültigen Entlassungspapiere und bekam auch keine Lebensmittelkarten und wurde oftmals zur russischen Kommandantur geschleift und mit Hilfe eines Dolmetschers verhört. Immer wieder wurde die Frage gestellt: „Du Hitler? Du Faschist?"

Meine Mutter musste morgens und abends bis nach Sellentin mit der Tracht und zwei Kannen laufen und die Kühe ausmelken, damit sie Marken bekam.

Es war schon große Not und teilweise auch Anarchie. Mutti hatte einen halben Tag lang angestanden bei Bäcker Berndt um ein frisches Brot zu kaufen. Sie legte es bei meiner Oma auf die Treppenstufen im Flur, damit es abkühlen sollte. Das Brot war weg und dazu auch die neuen Lederstiefel meines Opas vom obersten Boden.

Auch das Vergraben der guten Anziehsachen, von Teilen des Geschirrs ging schief. Jemand musste meinen Opa beobachtet haben, als er das alles vergrub unter dem Apfelbaum im Garten.

Not macht erfinderisch – so heißt es immer. Mutti trennte Zuckersäcke auf und strickte und häkelte davon BH's, Schlüpfer, Bindengürtel und Hausschuhe mit doppeltem Faden. Die Frauen auf dem Hof wechselten sich ab beim Sirupkochen. Alle hatten Zuckerrüben auf den Feldern nachgesammelt, diese gewaschen und zerkleinert, dann wurde die Masse in einem großen Schamottwaschkessel gekocht und mit einer riesigen Kelle gerührt. Es dauerte Stunden, bis das Endprodukt Sirup fertig war. Dann wurde gerecht aufgeteilt. Überhaupt nahm man so viel wie möglich aus der Natur: Kienäpfel als Kohlenanzünder, verschiedene Tees, die getrocknet wurden, Kornähren wurden nachgesammelt, ausgeklopft und dann zur Klattschen Mühle gebracht, um einmal zusätzlich zur Zuteilung etwas Mehl für einen Kuchen zu haben. Meine Mutter war sehr talentiert bei fast allen Dingen, so auch bei der Herstellung vonQuark und Frischkäse. Kaum für uns noch vorstellbar, dass selbst gekochte Kartoffelschalen ein Leckerbissen waren .

Gewaschen wurde mit überbrühter Asche, gestärkt mit gekochtem Kartoffelmehl, das wurde übrigens auch selbst gewonnen. Wir hatten noch bis vor der Wende Bettwäsche aus dieser Zeit, die weißer als weiß war, würde der Westen gesagt haben.

Die Jahre bis 1948

So allmählich kam auch Ordnung in das chaotische Nachkriegsleben. Für meine Eltern war klar, dass sie zusammen bleiben. Sie nahmen sich im Zuge der Bodenreform getreu der Losung „Junkerland in Bauernhand" ein Stück Land linksseitig der Bahngleise und bauten ihr erstes Haus. Der Hausbau erwies sich mehr als abenteuerlich, denn Geld hatte kaum einer und selbst wenn man es gehabt hätte, es gab ja so gut wie kein Baumaterial. Es mussten Naturalien her um vorwärts zu kommen. So fuhr Mutti morgens mit der Eisenbahn von Rambin nach Bergen mit einem Sack lebender Enten, damit sie Brunnenringe bekam. Es wurde ein Vierzentnerschwein gefüttert, mit dem die Bauleute bezahlt und verpflegt wurden, meine Eltern aßen Soße und Kartoffeln. Es fehlte auch an Erfahrungen. Als das Dach gedeckt war, stellte man fest, dass die Dachpfannen alle falsch lagen. Also musste alles wieder abgedeckt und die Arbeit neu gemacht werden.

Der Hausgiebel war zügig hochgemauert worden und hatte noch nicht abgebunden. So stürzte er ein und es ist ein großes Glück, dass niemand zu Schaden oder gar zu Tode gekommen ist. Onkel Günter hatte den Giebel kippen sehen und lauthals alle Umstehenden gewarnt.

Die erste Glucke, die meine Mutti gesetzt hatte, brütete nur Huhnerküken (Hennen) aus, das hat man selten, war in diesem Fall aber sehr gut. Aus den Puteneiern schlüpften nur zwei Kleine. Die Aufzucht dieser beiden übernahm meine Oma. Sie machte Stroh in die Abdeckhaube ihrer Singer - Nähmaschine und setzte sie auf die Treppenstufen auf den Flur. Die Putenküken großzuziehen ist nicht ganz einfach, aber es gelang.

Die erste Ernte war mehr als mager, denn auf dem Sandboden wuchs nicht so recht etwas. Trotzdem kaufte sich mein Vater vom Erlös der Ernte ein Radio. Von da an war es mit der Zweisamkeit vorbei, denn allabendlich kamen Besucher, die auch gerne Radio hören wollten. Meine Eltern haben den Radio – Kauf später immer als Beispiel für ihre Unerfahrenheit konkret und für ihre jugendliche Unbedachtheit allgemein hingestellt.

Am 28. März 1948 wurde geheiratet, erst standesamtlich, dann kirchlich. Es war in der stillen Woche vor Ostern, aber der Pfarrer machte mal eine Ausnahme. Die weltliche Trauung war um 10.00 Uhr in der Gemeinde bei Herrn Heuck,

Vatis ehemaligem Lehrer. Er hatte auf dem Tisch einen großen Veilchenstrauß zu stehen. Er sagte zu meiner Mutter, die sehr aufgeregt war: „Rükens man ihrs ees, dann wat en bäder!"

Die Liebesnächte blieben nicht ohne Folgen, meine Mutter wurde schwanger und erlitt eine Fehlgeburt, über die sie sehr traurig war. Der Fötus hatte ein Gewächs bei sich, so dass er nicht lebensfähig gewesen wäre. Hier hatte die Natur sich selbst geholfen. Ich habe es stets bedauert, dass es mein Bruder Ronald, so sollte er heißen, nicht geschafft hatte. In jedem Jahr am 13. Februar haben wir darüber geredet.

Das mit der Wirtschaft klappte nicht so richtig. Meine Eltern verkauften das Haus und zogen nach Rambin. Mein Vater arbeitete bei Oettinger in Stralsund als Federschmied für einen Hungerlohn und war stark eingebunden in die Parteiarbeit (SED). Er war auf X – Schulungen, war Kreistagsabgeordneter und Schöffe am Gericht in Bergen. Wenn er von der Arbeit kam, ging es in die Parteiversammlung und von da auch oft in die Kneipe, leider.

1949 bis 1955

Als 1952 die neue Schule gebaut wurde, bewarb sich mein Vater als Hausmeister. Ich wurde im August geboren und meine Wiege oder mein Kinderbett stand schon in der Schule.

Die Hebamme sah schon vor der Geburt, dass es nicht einfach werden würde und bat meine Mutter, wenn es losgeht, in die Klinik zu fahren. In der Nacht zum 13. August platzte die Fruchtblase und mein linkes Bein wurde geboren, denn ich war eine Steißlage. Am 15. August kurz vor 17.00 Uhr kam dann mit Hilfe von Dr. Kubis und der Zange der restliche Mensch ans Licht der Welt. Ich wog keine 2000g, aber war gesund und konnte wachsen, so sagte der Arzt.

Die neue Schule erwies sich nicht als Glücksfall, der Neubau war für mich als Säugling viel zu frisch, zu feucht. Die Wasserrohre waren rostig und machten die Windeln braun. Ich hatte eine Krankheit nach der anderen, z.B. Keuchhusten. Da ich nur knapp vier Pfund bei der Geburt gewogen hatte, rettete mein Leben, dass Mutti mich stillte und mein Körper sich das Wichtigste aus der Milch geholt hatte, bevor durch Husten und Schleim alles wieder hervorgebracht wurde. Mutti bekam oft keinen Schlaf und musste bei den Schulöfen schon ganz früh die Asche herausnehmen, die Kohlen heranschleppen und anheizen. Sie war mehrfach überfordert und mein Vater erwies sich auch nicht als große Stütze. So zogen wir in das Haus von Frau Semper und ihrer Tochter in Rambin.

1955, als ich drei Jahre alt war, nahmen sich meine Eltern erneut eine Siedlung in Kasselvitz – Ausbau: Haus und Hof von Bauer Wilhelm Kankel und seiner Frau, heute ist dort ein Reiterhof. Es war eine elende Schinderei in der Landwirtschaft, dazu kam, dass wir außerhalb der Ortschaft wohnten, Einkauf, Arztbesuch, später dann auch die Schule – all das war mit größeren Anstrengungen verbunden. Wunderbar war das Leben mit und in der Natur. Ich hatte meinen kleinen Holzroller und fuhr mit meinem blonden Pferdeschwanz oder den beiden Zöpfen den Landweg entlang. Mein „Kindergarten" war auf dem Feld. Bei der Kornernte banden meine Eltern Garben, ich setzte mich darauf und spielte Pferdchen. Wenn die Hocke gesetzt war, rückte ich mit vor und das Spiel ging von vorne los. Große Freude herrschte, wenn ich einzelne Mäuse sah und mit der Hand fing bzw. mich zu kleinen Mäusebabys im Nest freute. So gegen 18.00 oder 19.00 Uhr musste ich ins Bett.

Von dort konnte ich unsere Felder sehen, denn es stand unter dem Fenster. Irgendwann überwältigte mich dann der Schlaf. Als ich etwas älter war, machte es Spaß auf dem leeren Erntewagen mitzufahren und die Beine durch die Sprossen baumeln zu lassen. Die hellen Haare wurden durch die Sonne immer heller, barfuß ging es über die Stoppel, braungebrannt war der ganze Körper. Sehr bald entdeckte ich meine Vorliebe für Kaninchen. Ich hatte „Deutsche Riesen".

Für Sauberkeit und Futter war ich selbst verantwortlich. Das Geld von der Ablieferung sparte ich ab der 1. Klasse beim sogenannten „Schulsparen" bei Frau Welge. Wenn jemand Geburtstag hatte, holte ich einen kleinen Betrag ab für Geschenke. Ja, die Schule war der erste einschneidende Abschnitt in meinem Leben. Zur Einschulung trug ich ein blaues Kleid mit weißen Knöpfen, eine weiße Schafwollstrickjacke, weiße Söckchen und natürlich Schleifenbänder in den Zöpfen. Meine Zuckertüte hatte Normalgröße. Die meiner Nachbarin war menschengroß. Diese ehemalige Banknachbarin wurde auch Lehrerin und arbeitet heute unter dem Pseudonym Ditte Clemens als Schriftstellerin. Von meinen Großeltern erhielt ich zum Schulanfang einen Strauß Gladiolen aus dem Garten und die ersten großen Äpfel vom Apfelbaum, auch aus Omas Garten. Meine Mutti hatte sich auch chic gemacht. Sie trug ein schwarzes Kostüm und eine weiße Bluse. Niemand sah, dass sie etwa zehn Jahre älter war als der Rest der Muttis. Meine Klasse war groß, wir waren über 30 Schüler. Die Lehrerin war noch jung, streng, aber auch nett. Ich fühlte mich sehr fremd. Die meisten Kinder aus der Klasse kannte ich gar nicht oder nur flüchtig, da sie aus entlegenen Ortsteilen kamen, die Rambiner kannte ich auch kaum, sie waren in der Überzahl und hielten zusammen.

In der ersten richtigen Schulstunde sollten wir gerade Bleistiftstriche von oben nach unten ziehen. Meine sahen aus wie Zaunpfähle. Ich nahm mir gleich zu Hause ein zweites Heft zum Üben.

Mein Einstieg in das Schulleben war eher durchschnittlich, aber ich hatte den Willen zu lernen, mich zu verbessern. Ein dolles Theater gab es mit dem Buchstaben „S". Meine Eltern holten den Fleischerhaken aus der Speisekammer und legten ihn auf das Packpapier. Ich musste nun immer die Linien nachziehen, aber meine S waren windschief und sehr verhungert. Die Probleme, die es gab, gingen wir an. Sport und Mathe zählten nicht gerade zu meinen Lieblingsfächern. Rolle vorwärts oder rückwärts übte ich zu Hause auf dem Flur, auf dem ein sogenannter Kokosläufer lag. Das Muster dieses Läufers hatte ich als Abdruck auf dem Rücken. Vorsingen war auch so ein heikles Kapitel. Ich übte immer Text und Melodie beim Radfahren, denn in der zweiten Klasse bekam ich zum Geburtstag ein Fahrrad geschenkt.

Es war blau und kostete 250 Mark. Es stand bei uns die erste Zeit auf dem Flur. Ich habe jeden Tag Staub gewischt, so sehr habe ich mich dazu gefreut und es auch in Acht genommen. In der ersten Klasse holte mich mein Opa Robert auf halbem Wege ab. Er stand immer hinter einem ganz bestimmten Baum und wartete auf mich. Das tat seiner Gesundheit gut und brachte mir und meinen Eltern mehr Sicherheit. Gleich zu Anfang meiner Schulzeit war ich per Anhalter gefahren und hatte unbewusst meine Familie in Angst und Schrecken versetzt. Dieser Vorgang wiederholte sich in der Folgezeit nicht mehr.

Ich habe es als sehr wohltuend empfunden, dass immer jemand da war zum Reden: zunächst meine Großeltern, bei denen ich mein Fahrrad ließ und nicht zuletzt meine Eltern, die zwar immer zu tun hatten, aber auf den Feldern rund um unser Haus herum arbeiteten und für mich immer ein offenes Ohr hatten. Da ich meist mitarbeitete, konnten wir so zwei Fliegen mit einer Klappe schlagen. Diese Kommunikation fehlt den Kindern heute oftmals und ist Ursache für so manches Missverständnis zwischen den Kiddis und den Erwachsenen.

Ich verlebte eine schöne Kindheit. In den meist strengen Wintern brachte mich ein Elternteil zu Fuß zur Schule hin und holte mich auch wieder ab, Zwischenstop war immer bei Oma und Opa. Manchmal gelang es meinem Vater beim Direktor zu erwirken, dass ich in den Wintermonaten an der Schulspeisung teilnehmen durfte. In den Jahren, in denen das nicht gelang, kochte meine Oma für mich mit. In diesen Wintern trug man noch Schafwollsocken und Schafwollfausthandschuhe und Mützen und Schals.

Nach den Hausaufgaben ging es mit dem Schlitten und den Schlittschuhen nach draußen. Die Schlittschuhe musste man mit einem Schlüssel am Schuh befestigen. Das war gar nicht so einfach, denn manchmal löste sich die Sohle vom Schuh ab oder der Schlüssel ging verloren.

Für den Fall passte unser Schlüssel von der Standuhr im Wohnzimmer. Dabei sollte man sich besser nicht erwischen lassen. Ich durfte nur bis 17.00 Uhr raus, dann rief mein Vater einmal und ich musste mich beeilen, obwohl es bei Dunkelheit auf dem Eis erst richtig Spaß machte. Dann kamen die großen Jungs mit Fahrrädern oder Mopeds auf das Eis und banden unsere Schlitten dahinter. Meine Mutti brachte mir Stricken und Häkeln bei. Zur Winterzeit wurden dann für die Puppe neue Sachen angefertigt.

Ein Höhepunkt in der vorweihnachtlichen Zeit war das Schlachtfest. Dann wohnten meine Großeltern bei uns, denn sie halfen bei der Schlachterei. Sie wurden dann mit Pferd und Wagen abgeholt. Weil es kalt war, lagen dann als Windschutz Haferstrohballen auf dem Kastenwagen.

Da waren auch einmal Mäuse drin. So ist es zu erklären, dass meiner Oma hinten aus dem Mantel eine Maus herauskrabbelte. Es war ein großes Geschrei!!!

Der Fleischer kam mit dem Bolzenschussgerät, um die grausame Tat zu vollbringen. Meine Mutti rührte Blut, damit es nicht gerinnt. Einmal setzte mein Vater den Weinbrand auf den Pfeiler der Schweinebuchte. Von oben aus der Zwischendecke sprang der schwarze Kater und riss die Flasche um, die dann auch gleich kaputt war. Nun gab es keinen Schluck und das Schwein wurde abgebrüht und abgeschabt. Zur Ablieferung wurde ein Stück Schwarte herausgeschnitten für die Schuhindustrie. Dann wurde das Schwein auf die Leiter gebunden und aufgehauen und die Innereien wurden herausgenommen. Einer musste das Tier bewachen, damit Hunde und Katzen da nicht beigingen. Ich habe immer neugierig zugeschaut bei den ganzen Arbeiten. Es ging schon los mit dem Besorgen der Gewürze und Zutaten, z.B. Alaun und Salpeter zum Spülen der Därme.

Nach dem Abendessen und dem Ausfrischen des Tieres wurde das Fleisch zugehauen und in riesige Schüsseln gelegt. Es mussten dann noch die Flomen geschnitten werden für das Ausbraten von Schmalz und Grieben. Es war immer total toll, wie wir Hand in Hand gearbeitet haben.

Der Doktor kam, der seinen Topf mit Wellfleisch und Brühe abholte. Es war immer was los und das gefiel mir. Dem Mann vom Stellwerk hatte ich eine kleine Leberwurst versprochen, die er sich gewünscht hatte. Ich hängte sie mir über den Fahrradlenker und er hatte gar nicht damit gerechnet, dass ich es ernst meinte. Um so größer war natürlich die Freude.

Die Schlachterei endete mit den Tollatschen, die in der Wurstbrühe gekocht wurden und dann auf das Haferstroh gelegt wurden zum Abtrocknen. Diese schmeckten zum Kaffee gut, man konnte sie aber auch mit Fett in der Pfanne aufbacken und dann mit Zucker überstreut essen. Es hatte mit Blut angerührtem Eierkuchen Ähnlichkeit.

In meiner Kinderzeit gab es meistens weiße Weihnacht, gepaart mit klirrendem Frost. Es war schöner Brauch bei uns, dass wir Heiligabend (schon am Nachmittag) zu Fuß zu meinen Großeltern nach Rambin gingen. Damit verbinden sich so wunderschöne Erinnerungen. Die Geschenke lagen eingepackt auf den Treppenstufen auf Omas Flur. Auf dem Vertiko in der Stube stand ein großer Tannenstrauß mit Kugeln, Lametta, Zuckerzeug und natürlich mit echten Kerzen, die manchmal kleckerten oder es drohte, dass bald ein Zweig Feuer fing. Da musste man höllisch aufpassen. Die Geschenke waren meist praktischer Natur: selbstgestrickte Pullover, Handschuhe, gehäkelte Taschentuchbehälter, ein blauer Fön, denn davor hatte ich zum Haare trocknen nur die Heizsonne, auch wertvolles Briefpapier war dabei, denn ich schrieb schon immer gern.

Einmal hatte ich meine kleine Puppe, die ich vom Weihnachtsmann bekommen hatte, mit nach Rambin genommen und unterwegs ihre Mütze verloren. Ich weinte und einer meiner Eltern ging den Weg zurück und fand tatsächlich die Mütze. Als ich meinen kleinen Hund Bino mitgenommen hatte, einen Spitzsich unter die Nähmaschine gesetzt. Ich sah das, sagte aber nichts aus Angst, dass Oma schimpfen könnte. Oma merkte dann die verspätete Bescherung, als wir schon weg waren.

Es wurde viel gegessen, besonders Kuchen als Stolle, Plätzchen usw., mein Vater und mein Opa hatten sich mehr auf Flüssigkeiten spezialisiert. Wir mussten am späten Nachmittag aufbrechen nach Hause, denn meine Eltern mussten die Kühe melken und andere Arbeiten im Stall verrichten. Draußen war es stockdunkel, hin und wieder brannte mal eine Dorflaterne; aber nicht auf dem Ende, das wir gehen mussten. Taschenlampen waren die Lösung. Ich war immer besonders scharf auf Opas Lampe. Sie hatte eine Lederschlaufe mit einem Schlitz wie ein Knopfloch. Man konnte die Lampe am Knopfloch befestigen und hatte so die Hände frei. Vor das Licht drehte man eine farbige Scheibe, so dass man entweder blaues, rotes oder gelbes Licht hatte. Meine Oma musste Opa immer gut zureden, denn er trennte sich nur ungern von seiner Lampe.

Wenn im Stall alles in Ordnung war, zogen sich meine Eltern wieder die Festkleidung an und es gab Abendbrot, danach wurden die verschiedensten Spiele gespielt, der Tannenbaum wurde besungen.

Im Radio gab es festliche Klänge, ab 1960 kam für uns das Fernsehen dazu mit so wertvollen Filmen und Sendungen, die ich bis heute in bester Erinnerung habe, angefangen vom Sandmann über Professor Flimmrich, Meister Nadelöhr und seine Freunde, Flax und Krümel, um nur eine kleine Auswahl zu nennen.

Als Kind konnte ich beim Spielen nur schlecht verlieren, so dass „Mensch ärgere dich nicht!" auch mal samt Steine und Würfel ins Ofenloch flogen, um dem ganzen Theater ein Ende zu machen. Aber es dauerte nicht lange und ein neues Spiel wurde gekauft und ich gelobte Besserung. Heute bin ich eine gute Mitspielerin, die auch verlieren kann.

Nach dem Fest ging es mit knackiger Winterkälte weiter, auf die die Gedichtzeilen „Der Winter ist ein rechter Mann, kernfest und auf die Dauer. Sein Fleisch fühlt sich wie Eisen an und scheut nicht süß noch sauer..." voll zu- trafen. Der Tannenbaum blieb meist bis zu den Heiligen Dreikönigen stehen, denn am 6. Januar hatte mein Opa in Schwaan Geburtstag.

Meine Schwaaner Oma hatte vor dem Fest Geburtstag. Mutti und ich fuhren entweder im Dezember oder im Januar hin, das richtete sich auch nach dem Beginn der Weihnachtsferien. Als ich klein war und die Bänke in den Eisenbahnwaggons noch aus Holz und ohne Seitenlehne waren, fiel ich einmal vor lauter Müdigkeit vom Sitz und in die große Reisetasche hinein. Mutti hatte für alle reichlich mitgebracht (Eier, eine Festtagsente, vom Geschlachteten). Sie mochte gern schenken.

Mir gefiel es in Schwaan, das Leben in der Kleinstadt und die gemeinsamen Stunden mit meinen Verwandten mütterlicherseits. Die Entwicklung in der Stadt war weiter fortgeschritten als auf dem Lande, das ging bei verschiedenen Haarspangen und - schleifen los und hörte bei schönen Anziehsachen auf. Auch später, als ich ein paar Jahre älter war, fand ich meine zwei Ferienwochen in Schwaan toll, der Abschied fiel mir immer besonders schwer. Mein Vater holte mich meistens ab und fuhr mit mir noch am Ankunftstag zurück, ohne Übernachtung, da hatte ich keine Chance.

Irgendwie war es dann auch wieder schön zu Hause. Es waren noch ein paar Wochen Ferien und dann ging die Schule wieder los.

Mein Wunsch nach Bruder oder Schwester erfüllte sich nicht, da Mutti nach der schweren Entbindung ohne Operation keine Kinder mehr bekommen konnte. Das wusste ich damals aber nicht. Immer, wenn ich im Schrank Stoffwindeln fand, freute ich mich auf ein Geschwisterchen. Mutti erklärte mir, dass sie diese zum Durchseihen der Milch brauche.

Einmal, als meine Mitschülerin Jutta K. ihr zweites Brüderchen bekam und alle aus der Klasse um sie herumstanden und ihr zuhörten, sagte ich auch einfach, dass meine Mutter ein Kind bekomme. Als sie im Februar zur Elternversammlung ging, fragte meine Klassenlehrerin Frau B., ob Mutti die Entbindung gut überstanden habe. Da klärte sich dann alles auf und ich fand es gut von meinen Eltern, dass sie mich nicht verhauen haben, sondern mit mir darüber vernünftig sprachen.

Wir lachten zum Schluss alle herzlich darüber und ich habe in Zukunft nie wieder solche Art von Notlügen gebraucht. Jedoch blieb die Sehnsucht nach Geschwistern. Ich spielte mit meinem Spitz Bino Fußball und mit einigen Kindern in unserem Ortsteil bzw. wurde auch mal eingeladen zum Kindergeburtstag bei meiner Großcousine in Rambin. Gut in Erinnerung habe ich meinen ersten Theaterbesuch in Stralsund. Es gab das Stück „Die goldene Gans". Schon damals hatten sich Interessen herausgebildet für Bücher, Theater, Schule spielen mit Puppen – ich danke meinen Eltern, dass sie das erkannten und auch förderten.

Ich fuhr gern mit in die Stadt zu den Johanni – oder Weihnachtsmärkten. Einmal war ich Mutti „weggelaufen" zu einem Fotografen auf dem Weihnachtsmarkt. Dort konnte man sich mit einem Mann, der als Eisbär verkleidet war, fotografieren lassen. Wenn ich heute die Bilder sehe, bekomme ich noch ein schlechtes Gewissen, aber nur artig ist wohl kein Kind. Ich war gern mit Kindern zusammen. Mutti bezahlte auf dem Weihnachtsmarkt für ein fremdes Kind mit, damit ich nicht allein in den Karussells fahren brauchte. Auch zu meinen Geburtstagen hatte ich immer Kinder eingeladen.

Das Jahr 1960

Dieses Jahr brachte Veränderungen in die Gesellschaft und so auch in unser Leben. Die Kollektivierung der Landwirtschaft erreichte auch die Insel Rügen. Es wurden Werbetrupps ausgesendet, die Agitationsarbeit leisten sollten. Man hörte von schlimmen Vorkommnissen, dass Bauern sich die Entwickliung so zu Kopf nahmen, dass Herzinfarkt, Schlaganfall oder gar Suizid die Folge waren. Bei uns waren die Werber nur einmal, vier großgewachsene Männer in schwarzen Ledermänteln, so saßen sie am großen Tisch in unserem Wohnzimmer. Mein Vater hatte ganz konkrete Vorstellungen. Er wollte in seinem Beruf als Schmied arbeiten und ein Stück Land zur individuellen Bewirtschaftung behalten, dazu eine Kuh und ein Schwein zum Eigenbedarf. Seinem Wunsch wurde entsprochen und so blieb es bei dem einen Besuch der Werbegruppe. Papa arbeitete bei Schmiedemeister Fründt im Ort, bei dem er auch schon gelernt hatte und wechselte dann zum Stützpunkt der LPG „Fortschritt" in Giesendorf. Wir waren Mitglied der LPG vom Typ III. Ein besonders schlimmer Moment war, als unser Vieh aus dem Stall geholt wurde, insbesondere unser Pferd, der Stolz eines jeden Bauern. Ich war, als das alles passierte, in der Schule und bekam davon nichts mit.

Meine Eltern haben mir erzählt, dass alle beide im Haus waren und bitterlich geweint haben. Noch schlimmer wurde es, als nach Wochen unser Pferd abgehungert und ohne Eisen mit verschlissenen Hufen zur Notschlachtung gebracht wurde, Kühe und Schweine waren in den Offenställen nach sowjetischem Vorbild erfroren. Das war eine bittere Wahrheit. Es ging nicht alles so glatt, wie es in den Geschichtsbüchern stand. Die Arbeit auf dem Stützpunkt war eine Schinderei. Die großen Pfugschare, die die riesigen Traktoren hinter sich zogen unter den Federhammer halten – damit hat sich mein Vater die ganze Wirbelsäule kaputt gemacht. Mutti hatte mit der individuellen Wirtschaft zu tun, kam aber mit Blick auf das Sammeln von Rentenpunkten auch nicht weiter.

Ein Lichtblick war der Kauf unseres ersten Fernsehapparates zum Ende des Jahres mit einem ziemlich großen Bild, natürlich schwarz – weiß. Was für eine neue Welt erschloss sich uns da? Der Sandmann kam per Hubschrauber, die schönen Märchen – und Kindersendungen verzauberten uns, endlich mal Bärbel Wachholz, Julia Brauer, Peter Wieland, Herbert Köfer, Heinz Quermann u.v.a. nicht nur hören, sondern auch sehen können.

Am ersten Abend durfte ich etwas länger aufbleiben, aber danach musste ich immer um 19.50 Uhr ins Bett. Dann kam „Im Blickpunkt", das war immer so mein Zeichen, da ging es in mein Zimmer nach oben. Am Samstag durfte ich die bunte Sendung sehen, den Film danach ganz selten und dann kam meistens der Hinweis „Der nun folgende Film ist für Zuschauer unter 18 Jahren nicht geeignet!" Dann wurde wieder nichts daraus, zu früh gefreut. Mutti sagte meist am nächsten Tag, dass die sich mal geküsst haben, mehr wäre da gar nicht zu sehen gewesen, aber mein Vater war da eben sehr konservativ. Mutti hatte mich schon frühzeitig aufgeklärt, mein Vater wollte nun auch seinen Beitrag leisten und verdonnerte mich dazu eine Folge von „Wie sag ich's meinem Kinde?" in seiner Anwesenheit zu gucken. Ich tat sehr interessiert und ließ mir nicht anmerken, dass ich schon alles wusste.

1967 – Jugendweihe und Schulwechsel

Die Pubertät schlug mit aller Macht zu. Auch ich musste erfahren, dass es gar nicht so einfach ist erwachsen zu werden. Die körperliche Reife setzte bei mir schon sehr früh ein für damalige Verhältnisse. Heute gilt dieses Alter als normal für die meisten Mädchen. Die Jugendweihe ist so ein Zeichen nach außen: hier bin ich und ich bin nicht mehr klein! In die Schule kam das Tanzlehrerehepaar Günter aus Stralsund und machte Werbung. Bei uns im Dorfkrug (heute Kindergarten) sollte wöchentlich Tanzstunde mit Anstandslehre für 20 Mark stattfinden für interessierte Jugendliche. Natürlich mussten wir unsere Eltern fragen, fast alle aus der Klasse machten mit.
Das war ein Gaudi, besonders die Anstandslehre machte den Jungen Kopfzerbrechen, denn sie sollten uns Mädchen in ein möglichst geistreiches Gespräch verwickeln.
Wir lernten die Grundschritte der Standard – und lateinamerikanischen Tänze und übten für den Tanzstundenball, der in der Raststätte „Rügenland" (heute Alte Pommernkate) stattfinden sollte, Polonaise, Eltern und Freunde zu Gast, da gab es dann die ersten Pumps, Seidenstrümpfe und ein chices Kleid, meins war aus hellgrüner Seide, dazu trug ich schwarze Velourpumps mit einem kleinen Lackstreifen, auf dem eine kleine Schleife saß. Mein Tanzpartner für diesen bedeutenden Abend war natürlich nicht der, den ich mir gerne ausgesucht hätte. Er hatte nicht nur einen etwas ungewöhnlichen Namen, sondern eben trotz Anstandslehre so gut wie keine Manieren. Der Blumenstrauß bestand aus bewurzelten Nelken, die ein Band von der Rolle des Mähbinders zusammen hielt.

Einfach peinlich! Nach dem Vortanzen ergriff ich die Initiative um die Situation etwas zu retten. Ich schickte ihn zu seinen Eltern 20 Mark holen, damit wir uns sauren oder süßen bulgarischen oder rumänischen Wein kaufen konnten. Es wurde dann noch ein recht lustiger Abend mit Abschlussfoto. Ich bekam die Röteln, denn die roten Flecken kamen nicht vom Tanzen, ich hatte diese Krankheit und musste ein paar Tage lang im Bett bleiben. Der Sohn meines damaligen „Tanzstundenpartners" kreuzte noch einmal das Leben meines Sohnes, aber das war Jahrzehnte später. Jugendweihe und die Zöpfe oder Pferdeschwänze fielen der Schere des Friseurs zum Opfer. Eine Todsünde, denn in dieser Pracht wuchs mein Haar später nicht mehr nach. Zum Glück ersparte ich mir und meinen Haaren eine altmodische Dauerwelle.

Die Schneiderin fertigte ein rotes Kleid in Waffeloptik an, dazu gab es Hiddenseer Goldschmuck als Kette (natürlich nicht den echten Schmuck, nachgemacht, aber vergoldet). Die Feier fand im Kultursaal in Rotenkirchen statt, ein Oberst der NVA in Prora hielt die Festansprache. Wir feierten bei uns zu Hause. Meine Verwandten aus Schwaan waren eingeladen, meine Großeltern aus Rambin – es war eine fröhliche Runde. Eine Woche später war Ostern, da kamen dann noch Onkel und Tante aus Schwaan.
Mein Berufswunsch stand schon lange fest – nun wurde es Zeit Vorbereitungen zu treffen. Das Zauberwort hieß EOS (Erweiterte Oberschule, heute Gymnasium). Mein Vater war nicht begeistert. Er hätte mich gern im Lohnbüro der LPG gesehen, aber Mutti verstand mich und unterstützte mich von Anfang an. Sie war sofort bereit Opfer zu bringen, denn das Internat kostete ja auch zusätzlich, dann brauchte ich Reise- und Taschengeld. Wir waren vier Schüler aus der Klasse, die diesen Weg wählten (drei Mädchen, ein Junge). Da das Mädcheninternat in Bergen überfüllt war, ging ich ins Jungeninternat.
Die Umstellung fiel mir sehr schwer, ich hatte Heimweh. Da ich in Klasse 8 keinen Biologieunterricht gehabt hatte, musste ich das Fach nachlernen, dazu kamen die strengen Regeln des Internatslebens. Stubendurchgänge, Arbeitszeiten und ab 22.00 Uhr Nachtruhe. Kofferradios wurden eingezogen.

9. Adventskirmes in Gingst ....Folge den Sternen
14. / 15. / 16. 12. 2007
Freitag: drei Jahre Paul und Karin

Wir fuhren in das besinnlich – beschauliche Bergen um im Cafe' Meyer nett zu sitzen und unsere drei Jahre zu würdigen. Fasziniert waren wir von der Größe und Schönheit des Weihnachtsbaumes auf dem Markt, prächtig von Wuchs und dezent geschmückt. Im Cafe' waren kaum Gäste, das konnte nur gut für uns sein. Wir tippten Lottto, kauften noch ein Weihnachtsbuch und ließen es uns gut gehen. Zu Hause folgte ich Hape Kerkeling auf dem Jakobsweg – fein gemacht, ein echter Bringer.

Samstag: Gingst bietet, gerade wenn es schummert, etwas Puppenstubenhaftes um den Markt herum. Erster Anlaufpunkt waren die Feinen Regionalwaren. Wir hatten einen Weihnachtsmann mit und erfuhren, dass es 2008 Nachwuchs geben wird. Wir freuten uns mit den Eltern. Wir folgten den Sternen und landeten im Museumshof. Ich war kaum zur Tür herein, da wurde schon mein Name gerufen. Ich staunte nicht schlecht, dass mich eine Mitschülerin von der Penne (1971) aus Gingst gerufen hatte. 36 Jahre nicht gesehen und sofort erkannt!!! Ich war gerührt wie lange nicht mehr. Ein Stück unbeschwerte Jugend saß vor mir in Gestalt von B.S., ebenso eine Gingsterin mit ihrer Tochter und die Sanddornhexe. Es kam die Rede auf mein erstes Buch und auf meinen Artikel in der OZ. Wir sprachen von Mitschülern, Lehrern und von unseren eigenen Biografien. Auch sie hält der Insel die Treue und übernimmt ihr Elternhaus. Wir wünschten uns ein schönes Fest und versprachen uns einmal zu treffen. Die Sternenspur hatte uns zu einer einmaligen Begegnung verholfen. Ich dachte noch lange darüber nach, wo denn die Zeit geblieben war von damals bis heute.

Wie heißt es doch gleich: der Mensch ist ein Gewohnheitstier. Ich gewöhnte mich an die neuen Belastungen, meine Eltern und Großeltern waren gute Zuhörer und machten mir Mut, gaben mir Halt und Selbstvertrauen. Am 9. Februar 1968 gab es das erste EOS – Zeugnis. Es war nicht ganz so ausgezeichnet wie das von der POS Rambin, aber schlecht war es nicht gerade. Ich freute mich, denn ich hatte schwer dafür geschuftet. Als ich vom Zug kam und bei meiner Oma die Stube betrat, sah ich sie und meine Eltern in schwarzer Trauerkleidung sitzen und ich erfuhr, dass mein Opa im Krankenhaus in Sassnitz verstorben war. Ich hatte ihn noch am letzten Sonntag besucht und nun hatte das Schicksal gesprochen. Der Tod hatte sich eine Lungenentzündung als Ursache gesucht. Opa kam noch in die Pathologie, an und in seinem Kopf wurde geforscht, denn vor seinem Tod war er geistig verwirrt gewesen. Unser damals ganz junger Gemeindearzt nähte die Stiche. Ja, meine Oma war nun allein, 76 Jahre alt und noch mehr auf unsere Hilfe und Unterstützung angewiesen. Ich hatte das erste Mal im Leben loslassen müssen und es fiel mir damals schon sehr schwer.

Ich trotzte weiterhin den Schwierigkeiten auf der neuen Schule, lernte immer fleißig, wenn die Erfolge auch zeitweise ausblieben bis zur Mitte der 11. Klasse: ich verstand Mathe, ich rannte im Rugard wie um mein Leben, drehte meine Runden auf der Aschenbahn, alles um im Sport wenigstens im Mittelfeld zu liegen. Ich gehörte zur Leistungsspitze in der Klasse und genoss es endlich die Früchte meiner Arbeit zu ernten. Ich wurde darin bestärkt, dass ich auf dem richtigen Weg war. So weiß ich heute noch ziemlich viel aus meiner Schulzeit, auch wenn manche Gebiete schon über 30 Jahre nicht mehr abgerufen wurden. Die Krönung war, dass ich mein Abi mit „Sehr gut" schaffte. Es wird zwar immer gesagt, dass da später keiner nachfragt, aber für mich war es ein Stolz es geschafft zu haben. Im „Kurhotel" in Binz war der Abschlussball, nachmittags die Zeugnisübergabe, abends Schwof. Ein bisschen Liebe war auch im Spiel —ein herrlicher Abend. Jeder meiner Lehrer bekam eine langstielige rote Rose, mein Vater freute sich auch und tat so, als wäre meine Entwicklung in erster Linie sein Verdienst. Mutti und ich – wir lächelten uns nur zu, wir wussten ja, wie es wirklich gewesen war.

„Schön ist die Jugend in frohen Zeiten..." das war definitiv der letzte Tanz, wir trennten uns freudig, denn Sekt mit Erdbeeren oder Ananas hatte seine Wirkung nicht verfehlt. Es fuhren Busse in verschiedene Richtungen der Insel.

Es ist das Privileg der Jugend so unbeschwert seinen Weg zu gehen – Studium, Ehe, Familie, Beruf – manche Wunden und Beulen, die das Leben mit sich bringen, das alles hält man nicht für möglich.

Aus der Erinnerung heraus würde ich sagen, dass ich alles richtig gemacht habe. Danke an meine Eltern, die die Grundlagen schufen und getreu dem Goethe – Zitat handelten:

„Zwei Dinge wollen Kinder von ihren Eltern bekommen:
Wurzeln und Flügel."

Zwiegespräch mit dem Jahr

Liebes Jahr, komm bitte mal her – wir beide wollen reden.
Noch stehst du jungfreulich da und hast es in der Hand, was mit dir wird:
Wirst du im Urteil der Menschen gut oder schlecht sein – machst du es allen
recht?

Sicher nicht, denn das ist eine Kunst, die niemand kann, aber sich bemühen,
in der Erinnerung ein gutes Jahr gewesen zu sein, das können wir erwarten,
denn deine Aufgaben sind groß und vielfältig, genau wie unsere Wünsche an
DICH.

Da ist der uralte Wunsch immer noch ganz oben – gib uns Frieden auf
Erden und den Menschen ein Wohlgefallen, hinzu kommen alte und neue
Sehnsüchte nach Familie, Geborgenheit, Orientierung, nach Frühling,
Sommer, Herbst und Winter, nach Verständnis und Nervenstärke im
Umgang miteinander und besonders gegenüber unseren Kindern, den
Schutzbefohlenen.

Liebes Jahr, gib uns von allen ein bisschen, lass uns frieren, lass uns
schwitzen, lass uns alles für uns selber tun, aber auch für die Gemeinschaft,
für die Gesellschaft, denn der Mensch ist beides, ein individuelles und ein
gesellschaftliches Wesen.

In diesem Sinne willkommen 2008,
nimm dich in Acht,
sei besonnen und froh,
dann sind wir es ebenso!!!

Herstellung und Verlag:
Books on Demand Gmbh, Norderstedt
ISBN 978-3-8370-1224-8